二見サラ文庫

成金令嬢物語
～悪女だと陰で囁かれていますが、誤解なんです～

江本マシメサ

| Illustration |

鈴ノ助

| 本文Design |

ヤマシタデザインルーム

C O N T E N T S

ベルンハルト家

前妻

父　アルフォンソ

母　メルセデス

祖母　レイノーラ（故人）

祖父　エドガル

ライエンバルド家

ジルヴィオ

メルディア

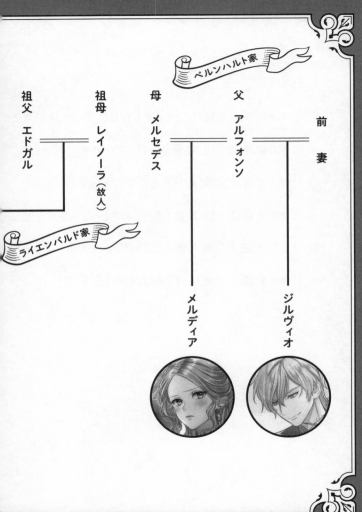

母　レイファ

父　シンユー

祖母　ランフォン

祖父　ユージン（故人）

リュファ

エドガー

ユージィン

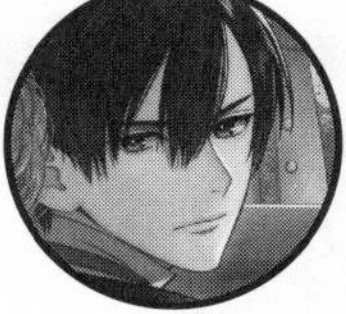

侯爵家

レイシェイラ

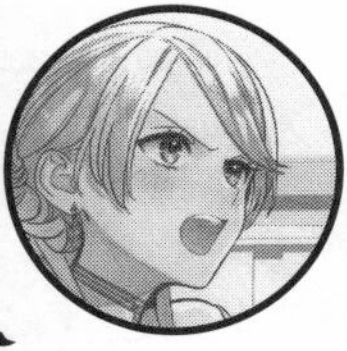

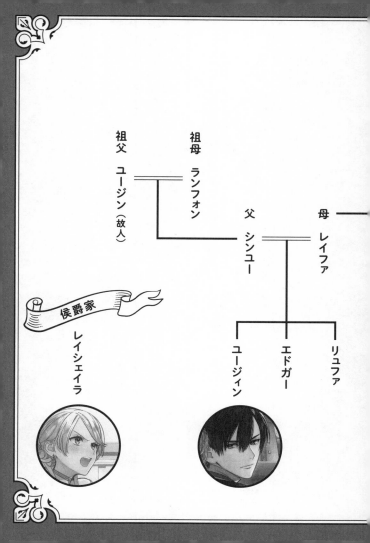

第一章

成金令嬢は、どうにもならない現状に天を仰ぐ

夜会が開催される広間《サルーン》には、ひと際目立つ少女がいた。

レイシェイラ・スノーム。若く美しい侯爵家の令嬢だ。

毎日の手入れを怠らない輝くような銀の髪は、左右の耳の後ろから三つ編みをして、全体を後ろで纏《まと》め、くるくると捻《ひね》って毛先を内側に髪飾りで留めている。少し垂れ気味の、銀の睫毛《まつげ》に縁取られた紫色の瞳は宝石のような煌《きら》めきを放ち、すっと通る鼻筋とふっくらとした唇は、なんともいえない甘い魅力を漂わせていた。

薄紅色のドレスは今日の夜会のために仕上げた品だ。そのドレスは、首回りから指先まで露出しており、首に巻いた一点物の金の飾りが引き立つ形となっていた。さらに細い腰回りを強調するかのような、上半身にぴったりと沿う意匠のドレスは、彼女に合わせて作られたもので、その存在を目立たせることに一役買っている。腰から下のスカートはパニ

エでふんわりとした膨らみを作っており、裾の花模様はまるで花畑に佇《たたず》む妖精のようだ。職人の手によって丁寧に編まれたレースをふんだんに使用し、花の刺繍《ししゅう》も着た者を美しく見せる、慎《つつ》ましさのあるものが選ばれていた。

髪型、ドレス、化粧、身に着けた飾りの数々、どれを取っても今日のレイシェイラ嬢は完璧だった。

そんな彼女の周囲には男女問わず、たくさんの人が集まっている。

侯爵家の娘と結婚すれば、自分の未来は明るい、侯爵家の娘と仲良くなれば、地位や財産のある男の目に留まりやすくなる。誰もがレイシェイラ嬢とお近づきになりたい、という下心があるのだ。

そんな取り巻きの気持ちを汲《く》み取るように、レイシェイラは女王が采配を振るような態度を見せる。

レイシェイラ・スノームは夜会に君臨する、絶対的な支配者だった。

——彼女が現れるまでは。

突如として、会場の出入り口でざわめきが起こる。その騒ぎを聞きつけたレイシェイラの周囲にいた者たちの視線がそちらへ向いてしまう。

「——あら！」

「あ、あのご令嬢は？」

レイシェイラは唇を噛《か》み締める。まさか、彼女がこの夜会にくるとは。

「メルディア・ベルンハルト‼」

気がつけば、吐き捨てるかのようにその名を口にしていた。

「レイシェイラ様？」

取り巻きの少女の声でレイシェイラはふと我に返る。思わずでてしまった低い声を誤魔化すかのように、扇を広げて自らの口元を隠す。

一部の者たちが口々にあのお方は誰だと騒ぐので、舌打ちを我慢しつつもレイシェイラは説明することとなった。

「ああ、あのお方はメルディア・ベルンハルト嬢ですわ」

「ベルンハルトって、あの？」

「ええ、ただの成金！　……いえ、ベルンハルト商会のご令嬢ですのよ」

「まあ！」

ベルンハルト商会と聞いて、周囲の男たちは落胆の色を見せる。

その様子にレイシェイラは、高笑いをしたい気分を抑えて扇の後ろで口角を上げるだけに留《とど》めた。

ベルンハルト商会。ハイデアデルンの中でも屈指の宝石商で、詐欺まがいの悪徳商売を行う商会として名を馳《は》せている。

莫大な資産は現在商会長を務めるアルフォンソ・ベルンハルトが一代で築き上げたもので、その悪辣《あくらつ》な商売方法からハイデアデルン国内での評判は芳しくない。

その娘であるメルディア・ベルンハルトは、あまりこのような場にでてこない。こうして社交界に姿を現すのは、極めて稀《まれ》であるのだ。

レイシェイラは一度だけメルディアと茶会の席で一緒になったことがある。

その美しさに息を呑《の》み、深い嫉妬さえも覚えてしまうほどだったと記憶が甦《よみがえ》った。

「まあ、なんて綺麗《きれい》なお方なのでしょう。羨ましいわ」

そんな周囲の反応の陰で、レイシェイラは歯噛みする。

メルディア・ベルンハルト。

輝く金髪は、天井から吊《つ》り下がった水晶でできた照明の光を受けて、艶やかに人の目を眩耀《げんよう》し、長い睫毛に囲まれた深い緑の瞳は、涼しげな切れ長だった。ところが、その視線は周囲を睨《にら》みつけるかのような、攻撃的なものであり、誰も近づくことを許さないと言わんばかりの威圧感があった。

身に纏ったドレスの色は鮮やかな青。腰部分から直線的に広がる意匠は流行ではないものの、背の高いメルディアに似合う形となっている。ドレスの飾りはほとんどなく、かえってそれが美しさを最大限まで引き立てていた。

広間の注目は麗しき令嬢、メルディアに集中していた。若い男の誰もが生唾を呑み込んで、メルディアに熱い眼差《まなざ》しを向けている。

勇気があると言うべきか、無謀と言うべきか。遠くから眺めるだけだった若者の一人が、メルディアに近づいて話しかけ、会場で流れる曲が変わったのをいいことに、ダンスの申し込みをした。

ところが、メルディアはその男性のいる方向を一瞥《いちべつ》もせずに、その場を去ってしまったのだ。

「まあ、なんてこと‼」

レイシェイラの取り巻きの少女が驚きの声を上げる。

「やはり、あの噂《うわさ》は本当だったのね‼」

別の少女が叫んだ。

「あら。噂って、何かしら？」

レイシェイラはその場で高笑いをしたい気持ちをぐっと抑えて、怯《おび》える振りをしながら近くにいる令嬢に訊《たず》ねた。

「成金令嬢メルディア・ベルンハルトはとんでもない悪女、というものですわ。有名なお話ですが、ご存知《ぞんじ》ありませんの？」

「ええ。初めて聞きましたわ。――ああ、怖い」

「レイシェイラ様、大丈夫ですわ。あのお方はあまり夜会にでてきませんから」

「そうですの？」

「ええ！」

かの、成金令嬢の姿は、いつの間にか会場から消えてしまった。そして、周囲の状態はメルディアが訪れる前に戻る。

「この会場の中で、あなたが一番輝いている」

「ああ、私の瞳には、あなたしか映らない」

「あなたと出会えた今日と言う日に感謝を」

レイシェイラをダンスに誘った男たちは口々に甘い言葉を吐いていく。

だが、レイシェイラは知っていた。

彼らが先ほどまでメルディア・ベルンハルトに心を奪われていたことを。

（――なんてことなの‼　あの魔性の女がくるなんて‼　一度しかない、わたくしの夜会での初舞台という日に‼）

十六歳のレイシェイラは、花が綻《ほころ》びかけるような、未熟な時期だ。

そして、メルディアは二十歳という、女性として最も美しく咲き誇る時期。

勝てるはずもなかった。

（次の夜会は半年後、メルディア・ベルンハルト、見てなさい‼）

真っ黒な感情をふつふつと沸騰させながら、レイシェイラはかの成金令嬢に復讐《ふくしゅう》を誓った。

◇◇◇

「――っく、っく」

寝台の上で嗚咽《おえつ》しつつ、枕に顔を埋《うず》める女性がいる。

彼女の名前はメルディア・ベルンハルト、二十歳。

なぜ涙を流しているかと言えば、自己嫌悪によるものだった。

(――ま、また、また、やってしまったわ)

先ほどまでいた夜会での失敗。ダンスを誘った男性を無視するという、絶対にやってはならぬ行為を働いてしまったのだ。

(あんなに勢いよく知らない人が話しかけてくるなんて……。それが普通だというけれど、怖いところだわ)

いつも、夜会に参加するときは父か兄と一緒だった。

だが、今晩に限ってどちらも買い付けにでかけていて不在。唯一の味方である付添人とは、大勢の人の中を歩くうちに逸《はぐ》れてしまったのだ。

今回、心細かっただけでなく、メルディアには父や兄の代わりに夜会へ参加するという大義があった。

それゆえに、彼女のちっぽけな勇気はこの失敗で押しつぶされてしまったのだった。

（ユージィン、私はどうすればいいの？）

メルディアは家族以外で唯一心を許している、三つ年下の幼馴染《おさなな じ》みへと心の中で問いかける。

彼が夜会に現れて、颯爽《さっそう》と助けてくれる姿を夢見るが、その幼馴染みは執事の孫で、夜会にでられるような身分ではない。

そんなことを考えていたら、再び眦《まなじり》に涙が浮かんでくる。

メルディア・ベルンハルト——美しく、気高い外見が、相手を威圧するかのように高慢な態度を感じさせる女性であったが、それはすべて見せかけだけのことで、実際の彼女は泣き虫で臆病、人見知りが激しいという、残念な人物だった。

（……そろそろ起きて部屋からでなければ、心配をかけてしまう）

いつまでも寝室でめそめそしていても仕方がないとわかってはいるが、枕に顔を埋めたまま、体が動くことを拒否していた。

起きなければならないが、起きたくはない、そんなふうに葛藤《かっとう》しつつ、寝台の上でゴロゴロしていると、寝室の扉の外から声がかかる。

「お嬢様、少しよろしいでしょうか？」

静かで落ち着いている、聞き心地のよい声。

それを耳にした瞬間、心臓がドクリと跳ね上がる。聞こえてきたのは、メルディアが一番逢《あ》いたい人物のものだった。

「鍵を開けていただけますか？」

メルディアは言われたとおり鍵を開けようと、すっと起き上がった。そして、ご主人様を前にした忠犬のように扉の前まで走る。が、今の自分の状態を思いだして、その場で踏み止《とど》まった。ドレスは皺《しわ》だらけ、顔は浮腫《むく》んでいて悲惨、化粧は剝《は》がれている、髪の毛はボサボサ。このような状態で顔を覗《のぞ》かせたら、また呆《あき》れられてしまう。

メルディアはまたしても泣きたくなった。

「お嬢様、お嬢様！」

どうしようか、メルディアは頭をフル回転させて考える。

扉の向こうにいる人物は、優しいだけの男ではない。メルディアが間違った行為を働いたら、きっちり注意する。

これ以上、彼を落胆させたくなかったのだが――。

「メルディアお嬢様、ここを開けてください」

名前を呼ばれて、メルディアの胸は再びどきんと高鳴る。

（ユージィン！）

扉の向こうにいるのは、ユージィン・ライエンバルドという、メルディアの父親の使用人だ。この家に勤める執事の孫で、幼い頃から一緒に遊ぶことも多かった。

初めて会ったのはメルディアが七歳、ユージィンが四歳のときだった。

人見知りが激しく、友達がいなかった娘を心配した父親が、話し相手をしてほしいと執事に頼んで連れてこられたのがユージィンだったのだ。

互いに人見知りではあったものの、本が好きという共通の趣味から、二人の距離はすぐに縮まっていった。

出会った当初のユージィンは文字が読めなかったので、メルディアが何度も読み聞かせをしたという記憶は今でも鮮明に残っている。

これまでの人生で、本当のメルディアを曝《さら》けだせたのは、ユージィンの前だけだった。

三歳年下の友達への親愛が、いつ異性への愛情となっていたのかは、メルディアにもわからない。

その愛は行き場のないものだというのも、十分すぎるほど理解している。

メルディアは中流階級《アッパーミドル》の生まれで、ユージィンは下位中流階級《ロウワーミドル》の生まれだ。

どうあがいても埋まらない、身分の差があるのだ。

ユージィンを説得し、婿養子にきてもらうという裏技もあるにはある。けれどもユージィンは、城の文官になることを夢見ていた。

その話を聞きながら、メルディアは酷《ひど》く落胆する。

メルディアと結婚する者は、ベルンハルト商会の核となる人物でなければならないからだ。

いつまでも一緒にいたいという自分の夢よりも、ユージィンの夢が叶《かな》うことをメルディアは願った。

初めての恋は、決して実らないと本に書いてあったことを思いだす。

きっとこの恋も、泡沫《うたかた》のように儚《はかな》く消えてなくなるのだろうと思っていた。

「メル‼　早く開けてください‼」

「は、はい‼」

ユージィンの怒号のような叫びで、物思いに耽《ふけ》っている状態から我に返る。そして、命じられたとおりに寝室の鍵を捻って回し、扉を開いた。

ユージィンはメルディアを見るなり、ハッと驚いた表情を浮かべる。

メルディアはいたたまれなくなり、俯《うつむ》いた。

「何があったかは、聞くまでもありませんね」

ユージィンの声は思っていたよりも厳しくない。顔を上げると、キリリと目を吊り上げた彼と視線が交わる。

ここでふと、メルディアは気づいた。

背が、いつの間にか抜かれていたのだ。ユージィンはメルディアを見下ろしていた。

多分きっと、背はずいぶん前から抜かれていたのだろう。こうやって向かい合って話すことは久しぶりだったので、わかっていなかったのだ。

ユージィン・ライエンバルドは異国人の父親を持つという青年だ。先月で十八歳になったユージィンは、学士院に通っている学生で、授業が終わった後、週に三日ほどベルンハルト家で働いている。

漆黒の髪はメルディアがお気に入りだった黒うさぎのぬいぐるみにそっくりだった。幼い頃、それがきっかけで親近感が湧き、仲良くなれたのだ。

ユージィンは、ぱっと見た感じはハイデアデルン人と変わらないが、よく見たら異国の血が混じっているのがわかる、不思議な雰囲気があった。

「顔色が悪いですね」

ぐっと顔を覗き込まれ、メルディアは体を強《こわ》ばらせる。声が優しかったので、跳び上がりそうになるほど驚いてしまった。

「どこか具合でも悪いのですか？」

「い、いいえ、大丈夫」

どくん、どくんと高鳴る胸を押さえつつ、メルと幼い頃のように呼ばれたのは、何年振りだろうと考える。ここで働くようになってからはずっと「お嬢様」だったのだ。

けれど、呼んだのは一度きりだった。

「お嬢様、また誰かに悪口を言われたのでしょうか？」

メルディアはきゅっと唇を閉ざす。

ユージィンに事実を指摘され、胸を強く摑《つか》まれたような苦しさを思いだしてしまったのだ。

広間に入った途端に囁《ささや》かれたのは「成金商会の娘だ！」という心ないものだった。

ベルンハルト商会の評判は以前よりもよくなったが、順調な経営を妬《ねた》む者や、悪い噂を信じてしまう何も知らない者はどこにでもいた。

働き者の父親を誇りに思っているし、ベルンハルト商会は正しい経営体制を取っていることも知っている。

何も気に病む必要はないのに、浴びせられた悪口に対して言い返す強さが、彼女にはなかったのだ。

「ベルンハルト商会の悪評を噂する者は無視して構いません。少しでも世間を知ろうとすれば、あなたのお父様がなさっていることは見えてくるはずです」

ベルンハルト商会はさまざまな事業での援助を行っているが、渦中の人物であるメルディアの父親が進んで公表しようとしていないのだ。

最近は騎士学校の運営にも関わっている。騎士学校とは幼年期の少年少女を集め、武術などの指導を行い、将来は国を守る騎士に、ということを目的とした学校だ。

メルディアの母親は元騎士で、現在はこの学校で講師を務めている。

校舎の建設はほとんどがベルンハルト商会の援助で造られており、中庭には学校長が礼を尽くした石碑が建てられているが、その存在を知る者は少ない。

現在ベルンハルト商会を悪く言う者たちは、自分が知的怠慢をしているのだと言いふらしているようなものだとユージィンは噛んで含めるように言った。

「いつもいつでも、胸を張るのです。今のように、何かを言われて俯くようでは、相手が調子に乗ってしまう。さらにはつけ入る隙にもなります」

メルディアは、特別甘やかされて育ったわけではない。彼女の臆病さや、弱い心は、育った環境と関係なく、持って生まれたものだった。

ユージィンも、普段からこのような態度を取ることはない。人目のない、気心の知れた二人きりの空間だからこそ、厳しい言葉でメルディアを奮い起《た》たせようとしているのだった。

「あなたには、美しく、気高いお嬢様でいていただきたい」

「ユ、ユージィンが、そう、望むのなら」

メルディアにとって、ユージィンの言葉は絶対で、彼女の中の法律と言っても過言ではない。世間知らずな娘から、まっすぐに年下の男へと向けられたものは、確かな信頼か、過剰な妄信か。それは誰にもわからないことであった。

その信仰とも呼べる盲目的な愛を、ユージィンは見て見ぬ振りをしている。

それが自分たちのためだと、自らに言い聞かせながら。

◇◇◇

ユージィンとの会話の中で、メルディアは希望を見出《みい》だしていた。

美しく、気高い精神を持つ人になれば、ユージィンが認めてくれると、さらには喜んでくれるのではないかと。

だが、そのような人物になれたからと言って、二人の距離が縮まるわけではない。

自分の行いを見て、ユージィンが安心してくれたら嬉《うれ》しいと、ただ、そう思っていた。

まずは何をすべきかと、父親の執務室で頭を悩ませる。メルディアは十五のときからベルンハルト商会の経理職の一部を担っていた。

もちろん、引《ひ》き籠《こ》もり気味のメルディアが商会舎へ行ってせっせと仕事をするわけではない。兄が持ってきた書類を父親がいない執務室へと持ち込み、地味に捌《さば》いているというのが現状だ。

その仕事も一息ついたので、昨日ユージィンに言われた、きちんとしたお嬢様になるための計画を実行に移すための手順を考えていた。

(まずは、知らない人との交流に慣れないと)

完璧な貴婦人の一例として、社交性に富む、というものがある。その築き上げた人脈は、時として家族を助ける場合もあるという。

(……でも、いきなり茶会や夜会は無理だわ)

ベルンハルト家には毎日のように茶会や夜会の招待状が届く。その中には結婚適齢期を少し過ぎたメルディア宛《あて》のものも多い。

(でも、母上と一緒なら)

そんなふうに考えて、すぐに頭《かぶり》を振る。

(だ、駄目、自分でなんとかしなきゃいけないわ。家族を頼ってはいつまでも成長できないもの)

女性の二十歳と言えば、すでに結婚していて、子どもが何人かいてもおかしくない年齢だ。

家族離れすらできていない自分を、メルディアは心の中で罵る。

頭の中が沸騰するほど考えた結果、メルディアはベルンハルト家が支援をする孤児院へ行くことに決めた。

完全な現実逃避であるが、それを指摘する者はいなかったのである。

現在孤児院への訪問を担当しているのはメルディアの母親だ。騎士学校の講師をしている彼女は生徒の地域貢献の実習として、孤児院への訪問を未来の騎士候補とともに行っている。ちょうど今週は別の実習があって行けないと言っていたので、都合がいいと思い、自分が行くと名乗りでたのだった。母親は大丈夫かと心配していたが、ついつい強がってしまい、問題ないと答えてしまった。

前の日に使用人と作った焼き菓子を籠《かご》の中に入れ、でかける準備をする。

今日は地味な生なり色のドレスを着て、髪の毛は後頭部で纏め、紺色のリボンのついた髪飾りで留めた。

メルディアは朝から落ち着かず、頭の中は不安でいっぱいだった。

正直に言えば子どもが苦手だった。大人になってから接する機会はなく、八歳年下の従《い》兄弟《とこ》がいるが滅多に会わないのだ。

ユージィンにも七歳の妹がいて、何度か屋敷に遊びにきていたようだが、いずれもメルディアが忙しい時間帯に訪問しており、会う機会はなかった。

(大丈夫、きっと、大丈夫よ)

自分で自分を励ましながら、孤児院へと向かう。

ガタゴトと順調に馬車が進む中、メルディアの指先は焼き菓子の入った籠を握り締めすぎて真っ赤になっている。

先ほどから心臓もドクドクとうるさく鼓動を鳴らしていた。

(今日は、子どもたちにお菓子を配って、お話を)

母親いわく、子どもは夜会に参加しているお姫様や騎士の話を聞くのが好きらしい。

(お姫様、前の夜会で目立っていた、銀髪で薄紅のドレスを着ていた子、堂々としていて、綺麗だったわ。騎士……は、会場にいたかしら?)

このようにして、話すことを頭の中で必死に整理しながら過ごす。

馬車が孤児院へ到着すると、塀の中から子どもたちが楽しそうに遊ぶ声が聞こえた。

それを聞いて、メルディアの緊張も高まる。

馬車から降りると、院長が挨拶をするためにやってきた。

「ああ、初めましてですね。ようこそおいでいただきました。わたくしはここの院長を務めております、オルガ・イートンといいます」

「あの、メルディア・ベルンハルトと申します」

互いに挨拶を交わすと、孤児院の中へと案内される。

「皆さん、ベルンハルト家のメルディア様がいらっしゃいましたよ」

院長の紹介を聞いて、外で遊んでいた子どもたちの視線がメルディアに集中する。

数にして十五名ほどで、五歳から七歳くらいの小さな者ばかりだった。

メルディアはなんと発言していいのかわからずに、言葉を詰まらせてしまう。

長い沈黙の中で、時間が過ぎるごとに強ばっていく顔。

極度の緊張で口の端が震えだす頃、その表情は恐ろしい凶相へと変わっていた。

「ふ、ふえええええん‼」

近くにいた子どもが泣きだすのと同時に、大粒の強い雨が全身を叩《たた》くように降り始めた。

子どもらは走って中へと入り、メルディアも室内へ入るように勧められたが、ここで心がぽっきり折れてしまった。

日を改めますと言い捨てて、焼き菓子を院長へ押しつけると、馬車へと逃げるように走っていく。

メルディアは一人馬車の中で、自責の念に駆られていた。

(――私、私、本当に、何もできないの⁉)

メルディアは馬車の中で、涙を流しながら自らの社交性のなさを嘆いた。

びしょ濡《ぬ》れで帰ってきたメルディアは、使用人たちに風呂場へ強制的に連行されたあと、綺麗になった状態で部屋に引き籠もった。

そして、愚かな自らを繰り返し詰《なじ》るという、無駄な時間の使い方をする。

いつもならこのまま朝まで放置されるのだが、帰宅した父親が娘の籠城を聞きつけて声をかけにやってきた。

借金の取り立てかと思うくらい扉をどんどん叩き、地を這《は》うような低い声で問いかけてくる。

「おい、メルディア、どうしたんだ?」

「なんでもないの」

「なんでもなくはないだろうが!」

「それでも、なんでもないから」

「……そうか」

普段から忙しく、ここ最近は接する機会が少なかった父親の、明らかに落胆した声を聞いて、メルディア自身も落ち込んでしまう。

話したいことはたくさんあったのに……。

もう駄目だ。消えてなくなりたい——メルディアはネガティブになる一方であった。

最後の手段として投下されたのは、最終兵器ユージィンだ。

今日は出勤の予定がなかったのに、学校帰りのところを捕獲されたようだ。

寝室の扉の外から声をかけられ、今日、屋敷にいるはずもないユージィンにメルディアは驚く。

急いで起き上がって扉を開くと、学士院の制服姿のユージィンが無表情で立っていた。

「ユージィン、どうしてここに？」

「お嬢様の緊急事態だと、旦那様からお聞きしたものですから」

「ま、まあ、なんてことなの⁉　父上ったら‼」

ユージィンは目を伏せ、迷惑だと言わんばかりの空気を振りまいていた。メルディアは思わず、深々と頭を下げる。

「ご、ごっ、ごめんなさい」

彼女は知っていた。ユージィンが城仕えの文官になるために、毎日必死で勉強していることを。

不貞腐れて部屋に引き籠もったメルディアを呼びだすため、ここに連れてこられたユージィンに対し、心底申し訳ないと重ねて謝罪する。

「ごめんなさい、ごめんなさい、まさか父上がユージィンを呼びだすなんて思いもしなくて‼　もう、人に迷惑になる時間帯に引き籠もらないわ」

「いえ、私がここにいることはお気になさらず。それよりも、ベルンハルト家のお嬢様ともあろうお方が、一介の使用人に頭を下げてはなりません」

「あ、あなたは、使用人なんかじゃないわ」

「使用人でなかったら、なんだというのです？」

責められているかのような問いかけに、メルディアは言葉を失う。

使用人と主人の娘、幼馴染み、親友、家族のような近しい存在、どれもメルディアが望む関係性ではなかった。

短い時間であったが、沈黙が気まずかったので、ふと頭に浮かんだ言葉で誤魔化す。

「今日は、仕着せを纏っていないから、ただのユージィン、よ」

そう自分で言ってから、ユージィンの制服姿を見たのは初めてだったと思い至る。

いつもメルディアの前に現れるときはきっちりと仕着せ姿だった。

不謹慎だと思いながらも、ユージィンの珍しい制服姿をメルディアは堪能する。

紺色の詰め襟の上着に、花模様の金ボタンがついており、同じく紺のズボンの膝から下は黒いブーツというそれは、国内でも入学するのが難しい院のものだった。

「メル？」

名前で呼んでくれた！

メルディアの心は歓喜で震える。これは夢ではないか、と頬を抓《つね》って確認したいくらいだった。

「どうかしたのですか？」

「あ、ああ！　ごめんなさい、引き留めて」

「いえ」

「あの、ありがとう、わざわざきてくれて。その……本当に反省しているわ」

気高く心美しい令嬢になって、好きな人の夢を応援すると決めた以上、自分には他にすべきことがあるのではと気づく。名残惜《なごり》しいと思いつつも、ユージィンを家に帰さなければ。メルディアはそう決意し、ユージィンを見上げる。

「メル」

「は、はい?」

「今日は何を落ち込んでいたのでしょうか?」

「え⁉ そ、それは、そう、些細《ささい》なことよ。もう大丈夫」

「言ってください、今すぐに」

「でも」

「いいから!」

「は、はい! ……その、孤児院に行ったら、子どもとどう接していいのかわからなくなって、泣かせてしまったの。そ、それだけ」

「そうでしたか」

「でも、でも、もう大丈夫だから。ユージィンは早く家に帰って、勉強をしなきゃいけないでしょう?」

「今は勉強よりも、メルの悩みを聞くことのほうが大事です」

一瞬のうちにカッと顔全体が熱くなる。けれど、その優しさに甘えるわけにはいかない。

ユージィンにはユージィンの人生があるから。

「私は本当に大丈夫。きてくれて、ありがとう」

ユージィンの返事も聞かずに、扉を閉ざしてしまった。

何度か声をかけてくれたが、メルディアは感情を押し殺し、反応しなかった。

去りゆくユージィンの足音を聞きながら、これでいいのだと必死に自分に言い聞かせた。

◇◇◇

一日の仕事を終えたメルディアは背伸びをしつつ、今後についてぼんやりと考えていた。

完璧な貴婦人になれば、次に待っているのは結婚だ。

結婚適齢期になったあたりからソワソワしている父親はともかくとして、母親は一度もメルディアに結婚を急《せ》かしたことはない。

なぜかといえば、母親は二十六歳のときに三十八歳の父親と結婚したからだ。

母親いわく、「結婚は急がなくとも時機がくれば縁が向こうからやってくる」、とのことだった。

（私にも、母上にとっての父上のような存在がいるのかしら？）

結婚。現実味のない話だとメルディアは思う。

(――先の不安を考えるよりも、今はきちんとした貴婦人になることに集中しなきゃ)

誰かと添い遂げる自分が想像できず、知らない人間の庇護《ひご》下になることに恐怖を覚えて、胸がぎゅっと苦しくなった。けれども、そのことは一旦忘れようと努力をする。

これから孤児院での交流の対策を考えなければ、と頭の中を整理していると、控えめに扉が叩かれた。

入室を許可すると、白髪の執事が恭しく頭《こうべ》を垂れたあとに部屋の中へと入る。

執事の名はエドガル・ライエンバルド。メルディアが生まれる前から執事をやっているので、二十年とちょっとという長い月日をこの屋敷で過ごしている。

そんなエドガルはすでに七十を過ぎているが、背筋はピンと伸びており、老いを感じさせない仕事ぶりを見せてくれる。

さらにエドガルはユージィンの祖父でもある。

ユージィンとの出会いは、メルディアの父親がエドガルに「孫を遊び相手に連れてきてくれ」と頼んだことがきっかけだった。

赤ん坊のときからの付き合いのエドガルは、不器用なメルディアを優しい眼差しで見守り続けていた。

メルディアもエドガルを本当の祖父のように思っている。

互いにその気持ちを確認し合うことはないが、二人の間にはいつでも穏やかな空気が流れていた。

「お仕事はもうお済みに？」

「ええ。何か用事かしら？」

「ええ、それが」

彼が持ってきた用件というのは、メルディアの心を揺れ動かすものだった。

「——え？　私を訪ねてきているご令嬢が⁉」

「はい」

メルディアには友達と呼べる存在は一人もいない。もちろん、上辺だけ仲良くしている知り合いもいないのだ。どこの誰が乗り込んできたのかと不安になる。

「ど、どちらのご令嬢、かしら？」

「それが会ってからのお楽しみだと申しておりまして」

名前を名乗らない令嬢が、自分を訪ねてきているという事実に恐怖を覚える。

訪問を知らせる手紙や面会の約束などないわけで、いったい全体どういう目的できたのか見当もつかなかった。

だが、逃げるわけにはいかない。

社交性を高める機会にでも利用すればいいと、珍しく強気になって立ち上がる。

「エドガル、お客様はどちらに？」

「花の客間へご案内いたしました」

「そう、ありがとう」

服装も化粧も髪型も、朝から使用人たちが頑張って綺麗にしてくれた。この格好ならば、客に会っても失礼はないだろうと判断して、そのまま客間へと向かう。

ベルンハルト家花の客間——主に女性客を迎えるときに使われる部屋で、中は壁紙から調度品に至るまで、花模様で統一されているという、屋敷の中で一番美しい一室だ。

メルディアがここに入るのは初めて。女性のお客様など招いたことはないからだ。

扉の握りに手を伸ばしたとき、その指先が震えていることに気がつく。酷く緊張しているのだ。

エドガルが心配そうに顔を覗き込んでくる。

「お嬢様？」

「な、何かしら？」

「顔が強ばっているようにお見受けいたします」

エドガルに指摘されて、顔全体に力が入っていることに気がついた。

両手で頬を包み、しっかりと揉《も》んで顔の緊張を取り除く。眉間の皺を解《ほぐ》すのも忘れない。

本人はこれで大丈夫だと思い込んでいたが、その顔は戦場に赴く屈強な男の顔をしていた。エドガルも二度目の指摘などできずに、屈強な戦士顔のお嬢様を扉の向こうへ案内してしまう。

「――お待たせいたしま、あら？」

そして、部屋の中で待っていたのは、予想外の人物だったのだ。

部屋にいたのは、見慣れた青年と初めましての令嬢《レディ》。

「ど、どういうことなの？」

状況が摑めずに、ついつい目の前にいた幼馴染みへ問いかける。

「本日はお嬢様のために、特別な話し相手をご用意いたしました」

「はい⁉」

「さあ、お嬢様にご挨拶するのです」

ユージィンは振り返って、令嬢に命じた。それまで長椅子に大人しく座っていた令嬢がすっと立ち上がる。その動きに合わせて、頭の高い位置で二つに結った波打つ髪がぴょこんと跳ねた。

「はじめまして、リュファ・ライエンバルドです‼」

「え、ええ。どうも」

メルディアを訪ねてきた令嬢は、七歳の小さな少女。黒髪に青色の瞳を持つ、正真正銘ユージィンの妹だったのだ。

「お嬢様、妹は大変お喋《しゃべ》りなので、迷惑だったら呼び鈴で知らせてください」

「え、あ、あの」

「今日は両親、祖母ともに外出しておりまして、寂しいと言っていたので連れてきてしまいました」

「は、はあ」

このときになってメルディアは気づく。ユージィンは昨日孤児院へ行って交流を失敗した自分のために、歳《とし》の離れた妹を連れてきてくれたのだ、と。

メルディアに視線を向けるユージィンの妹を見る。目が合った途端、にこりと笑いかけられ、メルディアはどういう表情で返したらいいのかわからなくなった。

とりあえず自己紹介をしようと、膝を軽く折って淑女の挨拶の格好を取る。

「メルディア・ベルンハルトです。どうか、メルディアとお呼びください」

「メルちゃん！」

「え？」

「よろしく、もが‼」

ユージィンはメルディアを気安く呼ぶ妹の口を塞いだ。

「メルディアお嬢様、です」

「メ、メル、ニャン、メルニャア？」

「メ、ル、ディ、ア、お嬢様、です！」

「メ、メ、メル、メルちゃん？」

妹の発音の悪さにユージィンは眉間を指先で押さえ、苦悶《くもん》の表情でいた。

メルディアは笑いそうになるのを堪《こら》える。ユージィンもその昔、「メルディア」と舌が回らずになかなか呼べなくて、「メル」と呼んでいた過去があるからだ。

「あ、あの、メルで構わないわ。ユージィン、怒らないであげて」

ユージィンは「甘やかすな！」と言わんばかりの視線を向けるが、今日はどうしてか怖くなかった。

「メルちゃん！　ありがとう！」

リュファは小さく飛び跳ねてからお辞儀をした。ぴょんと、ツインテールが可愛《かわい》らしく揺れる。その勢いのまま、彼女は着席した。

（――うさぎさん、みたいだわ）

メルディアは、リュファの見た目が何かの小動物に似ていると思っていたが、それが判明する。

十年前に父親の取引先の子どもに譲ってしまった、黒くて青い瞳を持ったうさぎのぬいぐるみに似ているのだ。

「それでは、私はここで」

「へ⁉」

ユージィンはあっけなく部屋から去っていった。

二人きりなの⁉　という言葉を寸前で飲み込む。

これは訓練。リュファと関わって子どもとの接し方を学び、孤児院での交流の成功へと繋《つな》げなければならぬのだと、メルディアは気合いを入れ直す。

ぎこちない動きで長椅子まで移動し、リュファの隣に腰かける。

着席してから、向かいに座ればよかったと後悔をした。

他人がこのように近くにいるのは、久しぶりだったのだ。

「どうか、緊張はなさらないでね」

緊張しているのはメルディア自身だ。自分に言い聞かせるように、リュファへ言ってしまった。

「ありがと！」

リュファはメルディアの隣で、ニコニコと笑っている。

怖がっている様子はなかったので、ホッと胸を撫《な》で下ろした。

「メルちゃん。あのね、わたし、メルちゃんに、ずっと会いたかったの」

「え？」

「おにーちゃんからね、たまに聞いていたの。メルちゃんのお話を」

「いったい、どんな話を……」

世にも酷い、泣いてばかりで幼稚な令嬢の話だろうかとメルディアは自分で想像して、深く落ち込む。本当に被害妄想《こうぃうの》は得意だな、と自らを嘲り笑った。

「メルちゃんはね、おにーちゃんのお姫様なんだって」

「え？」

「わたし、ずっとお姫様に会いたくって、夢が叶っちゃった」

「そ、それは」

この家のどこにお姫様がいるのか、と問い詰めたかった。

お姫様と言えば、ぱっちりとした瞳、愛らしい声に、たくさんの人に愛される慈愛に満ちた性格。

この前夜会で見かけたような女性を言うのだろう。

残念ながら、そのどれもがメルディアに当てはまらなかった。

「お姫様は、もっと可愛らしい存在《もの》だわ」

メルディアはつい卑屈になってリュファの言葉を否定してしまう。

だがリュファも「それは違うよ」、と言って譲らなかった。

「おにーちゃんが言っていたの。メルちゃんは、優しくて、ブキヨウな、自分だけのお姫様だって。ブキヨウって意味はわからないけれど、メルちゃんが優しいってのは、わたしにもわかるよ」

「優しくて、不器用？」

「そう！」

まさかユージィンがそのようにメルディアについて話していたなんて、思ってもいなかったので、驚いてしまった。

「それからとても綺麗。わたしもメルちゃんみたいになりたい」

「そ、それはどうかしら？」

いつもはドレスなど着ていない。今日は偶然新しく仕立てた服が仕上がって、侍女が張り切った結果が現在の姿だったのだ。

普段は地味な色合いのワンピースに、執務の際は袖が汚れないように腕を覆う筒状の布をつけている。髪の毛も適当に一つに結び、化粧もしていないという手の抜きっぷりだ。

しかもその酷い格好をユージィンに見られても平気なのが問題だ。純粋な少女の夢を壊してはいけないと、この話はここでやめることにした。

リュファとの会話は不思議と盛り上がった。自分の精神年齢は七歳の少女と同じなのかもしれないと、メルディアは考える。

ユージィンの妹、リュファは天真爛漫《らんまん》で、くるくると変わる表情が可愛らしい少女だった。彼女とともに穏やかな時間を過ごしていると、途中で使用人が茶と菓子を運んでくる。

紅茶にはたっぷりのミルクと砂糖を入れて混ぜた。リュファは小瓶に入った数種類ものジャムに興味を持ち、紅茶に入れるのだと教えれば、飲んでみたいと言って一匙《ひとさじ》自分のカップの中に垂らしていた。

そして、皿の上に積んである菓子を不思議そうな顔で眺めている。

「それはマコロン・ムーというお菓子よ」

「まころん・むー?」

「ええ、初めて?」

リュファはコクリと頷《うなず》く。

マコロン・ムーとは硬く泡立てた卵白に砂糖と特別な木の実の粉、着色液を混ぜて、円状に絞って焼いたものにジャムやクリームを塗って、二枚に重ねた菓子のことだ。食感はさっくりではなく、ねっとり。庶民の間にはあまり出回らないらしく、リュファはメルディアの説明を面白そうに聞いている。

「これは木苺《フランボワズ》味かしら?」

薄紅色のマコロン・ムーを手に取ってから、メルディアは甘いものが苦手だったことを思いだす。

そのまま皿に戻すわけにもいかないので、なんとなくリュファの口元へと持っていく。

すると、口をあーんと開けたので、そのまま唇の上に優しくマコロン・ムーを置いた。

小さな焼き菓子をもぐもぐと食べ始めたリュファの目は、星が瞬《またた》いたような輝きを放ちだす。

その様子はあまりにも可愛い。メルディアは頬に手を当てて、熱いため息をついてしまった。

「お、おいしー‼」

「そう？　よかった」

リュファは嬉しそうに、初めて食べる菓子の感想を述べる。そして、メルディアは二個目のマコロン・ムーを手にした。

「……これは、蜂蜜《ミエール》味ね」

薄黄色のマコロン・ムーを見せてから、再びリュファの口へと持っていく。

（……ほ、本当に可愛いわ）

もぐもぐと幸せそうに菓子を食べるリュファを見て、メルディアは胸がきゅんとときめいていた。

いつの間にか外が暗くなっている。そろそろ帰る時間ではないかと思い、呼び鈴でユージィンを呼ぶ。

「今、お部屋に伺おうかと思っておりました」

「そうだったの」

壁にかかっている時計を確認すると、ユージィンの勤務時間はとっくに終わっていた。

もう帰るつもりなのか、私服の外套《がいとう》を纏っている。

「どうやら仲良くなれたようですね」

「ええ。素敵な時間だったわ」

そう言いながらリュファの頭を撫でる。今日の出会いで、子どもは怖がる存在ではなく、愛らしいのだということがわかったのだ。

もしかしたら孤児院でも上手くやれるのではないか、という勇気さえ湧き上がってきた。

「さあリュファ、帰りますよ」

リュファは返事をせず、ユージィンからぷいっと顔を逸《そ》らす。

「リュファ」

「はあい」

俯きながら兄の言葉に返事をして、リュファは立ち上がる。

「メルちゃん、遊んでくれて、ありがと！」

「私も楽しかったわ。また遊びにきてね」

「本当⁉」

暗かった表情が一気にパッと明るくなった。

そして、リュファはメルディアが最初にしたような、淑女の礼の真似《まね》ごとをしてから兄の手を取る。

玄関まで送ろうと三人で廊下を歩いていると、前方の私室からメルディアの母親がでてきた。

「母上、今日はもう帰っていらしたのね」

「ええ、先ほど戻りました」

娘の問いかけに答えながら、メルディアの母親は初めて見る小さなお客様を一瞥した。

「ユージィンの妹よ」

「リュファ・ライエンバルドです！」

「まあ、元気のいい子ですね」

小さなお客様を紹介すると、無表情だったベルンハルト夫人の顔が綻び、それからその場に膝をついて、リュファに挨拶を始める。

それを見ながら、小さな子どもにはああやって視線を同じ高さにしてから話しかければいいのかと、メルディアは感心しつつ母親の行いを観察する。

「初めましてですね。私はメルセデス・ベルンハルトと申します」

「わあ～～‼　メルちゃんのおかーさんも、メルちゃん～～‼　――もが」

妹の口をユージィンは慌てて塞いだが、遅かったようだ。「メルちゃん」呼びに、メルディアの母親はふっと笑みを深める。

「メル、で構いませんよ」

「奥様、それはどうかと思います」

「ふふっ！」

平然とする母親と慌てるユージィン、きょとんとするリュファを見ていたら、メルディアはおかしくなって笑い声をあげてしまった。

笑いが止まらなくなって、皆の視線が集まってから、はしたないと我に返って口元を隠した。

第二章

成金令嬢は、勇気をだして一歩前に踏みだす

メルディアは次に孤児院に行くときの計画を考える。机の上には数冊の本が置かれていた。孤児の子どもたちに本の読み聞かせをしようかと考えていたのだ。

何を隠そう、メルディアは本の読み聞かせだけは自信があった。

子どもの頃、人見知りだったユージィンの心を摑んだものだったし、本を声に出して読んでいる間は嫌な自分から魅力的な登場人物になれることで現実逃避ができるから。

何冊か選んで、鞄《かばん》に詰め込んだ。

リュファとのやりとりを思いだすと、自然と緊張感が解れる。今回こそは大丈夫だと、メルディアは確信していた。

そして今回も、使用人とともに菓子作りを行う。

ベルンハルト家では家事全般を身につけるという教育方針があったが、メルディアは気

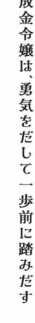

の毒なくらい炊事洗濯が苦手なのだ。

料理をすれば焦がす、調味料を間違う、奇跡のような不味《まず》い品を完成させるという結構なお手前、掃除をすればうっかり家具類を破壊。

このように、絶望的に家事の才能がないために、孤児院への差し入れは人の手を借りないといけないのだ。

今回作っているのは、さまざまな動物の型にくり抜いたクッキー。

材料を用意したり、量ったりするのは使用人で、メルディアは材料を混ぜたりなどの力仕事を担当した。

生地ができ上がったら、型抜きをする。なぜかメルディアがくり抜いたものは歪《ゆが》んで仕上がるのだが、その謎は解明されていない。

生地は使用人が作ったおいしいものだ。味は変わらないと自らに言い聞かせていた。

翌朝、しっかり冷ましたクッキーを小さな紙袋に詰める。それを籠に入れて、持ちだす準備をしていた。最後に絵本の入った鞄を肩から提げる。

鏡を覗き込んで、緊張で顔が強ばっていないか確認した。化粧をすると顔がきつく見えてしまうので、今日は素顔だ。

他にも装飾品を着けなかったり、髪型は優しさを引き立てるように、一つに纏めて三つ編みにして、左側の胸の前に垂らす。

服は淡い黄色のドレスで、孤児院で働いている女性がしているように、腰回りには白いエプロンを巻いて結んだ。

本日は天気は晴れ。まるで、メルディアの一日を祝福しているようだった。

あっという間に孤児院へ着く。前回の訪問と同じように、塀の中からは楽しそうな子どもたちの声が聞こえていた。

メルディアはゆっくりとした歩みで中へと入り、外で遊んでいる子どもたちの出迎えを受ける。いきなりの訪問客にきょとんとした表情を見せる子どもたちに、メルディアはぎこちなく微笑《ほほえ》んだ。それからその場に膝を突いて挨拶をする。

「初めまして、今日はあなたたちに、会いにきたの」

前回同様、一斉に見つめられて緊張で心臓が跳ね上がったが、なんとか挨拶を言い切ることに成功した。

「お菓子を焼いたわ。絵本を読みながら、一緒に食べましょう」

そんなふうに提案すると、菓子につられた子どもたちが集まってくる。

今日は空が晴れ渡っているので、外で本を読み聞かせることにした。

「そして、石の花は瞬く間に甦り」

子どもたちは、手に持った菓子を食べるのも忘れた状態で物語に夢中になっている。

その真剣な眼差しを、メルディアは心地よく思っていた。

◇◇◇

——同時刻。美しい花が咲き乱れる公爵家の庭園には、三十代後半くらいの貴婦人と、十代半ばの麗しい少女の二人がささやかな茶会を開いていた。

「夜会はいかがだったのかしら?」

「素晴らしい一夜でしたわ」

扇を手に悠然と微笑んでいるのは、マリア・ハルファスという、とある王族を夫に持つ女性だ。夫の爵位は公爵で、マリア・ハルファス自身も社交界では多大な人脈を築いている。その向かいに座る美少女は、ハルファス夫人の姪《めい》である侯爵家の娘、レイシェイラ・スノームだ。

二人の仲は特別で、週に一度はこうやって茶会を開いているのだった。

「伯母《おば》様、お願いがありますの」

「何かしら、私の可愛いレイシェイラ?」

「次のお茶会にお招きしたい方がおりまして」

ハルファス夫人は月に一度、貴婦人を集めて茶会を開いている。それに招かれるのは、貴族の女性の間では名誉なのだ。

「どなたかしら？」

「メルディア・ベルンハルト様ですの」

「まあ！　あまり社交界に顔をださないお方と、どこでお知り合いになったのかしら？」

ここだと思い、レイシェイラはよよよと弱った表情を浮かべる。

「じ、実は、お知り合いではなくって」

「あら、あなたでも、お近づきになれない人がいるのね」

「ええ、お恥ずかしい話なのですが……。前の夜会で見かけまして、会場の殿方の視線を独り占めするほどの、大変お美しいお方でしたのよ。でもひっきりなしに人が集まるものだから、遠巻きにしか見ることができなくって」

「そうだったの」

愛《いと》しい姪っ子の話を聞きながら、ハルファス夫人は苦い表情を浮かべる。

「ベルンハルト商会は慈善活動に力を入れている良家だと存じているのだけれど、なぜか評判が悪いのよね。だから、これまでお茶会に招待していなかったのだけれど……。どうしようかしら？」

「伯母様、お願い！」

レイシェイラは深々と頭を下げ、懇願する。ここまで頼まれたら、断れないだろう。そんな下心もありながら、過剰に頼み込んだのだ。

「わかったわ」

「ありがとう、伯母様！　大好き！」

立ち上がってハルファス夫人の傍《そば》に寄り、レイシェイラは伯母の体を抱き締める。

そんな姪の抱擁を受けながら、ハルファス夫人はひっそりとため息をついた。


伯母との茶会を終え帰宅したレイシェイラは早足で自室に向かう。部屋の鍵をかけ、寝室へ走り込むと、寝台の上に勢いよく転がった。そして、枕に顔を埋めた状態で、高笑いをする。

（——ああ、上手くいってしまいましたわ）

あまり大きな声をだすと喉を痛めてしまうので、笑いを堪えつつ肩を震わせながら、満たされた気持ちに酔いしれる。

メルディア・ベルンハルトを茶会に呼んで恥をかかせる。そんな計画をレイシェイラは企《たくら》んでいた。次の夜会まで復讐を待てなかったので、伯母が主催する集まりで実行することを決めたのだ。

伯母がベルンハルト家の人間をよく思ってないという情報も得た。メルディアを追い詰める状況はでき上がっている。

（メルディア・ベルンハルト、あなたはどんな顔で悔しがるのでしょう！）

レイシェイラはドレスが皺になるのも気にしないで、寝台の上で勝利を確信しながら高笑いを噛み締めつつも、侯爵家の令嬢らしからぬ悪い表情を浮かべていた。

◇◇◇

翌日、メルディア宛にハルファス公爵家からの茶会の招待状が届いた。なんでもハルファス公爵夫人の姪であるレイシェイラより、お近づきになりたいという要望があったらしい。

その手紙を前にして、メルディアは頭を抱えている。

（どうして、こういうことになったの⁉）

公爵家からの招待なので断るのは不可能だ。この先何回か孤児院で子どもたちと交流をして、それを問題なくこなせるようになれば、母の知り合いの茶会に参加しようという計画を立てていたのに……。

いきなり難易度の高い、知り合いのいない茶会に招待されるなんてと、一人で恐慌状態になる。

念のために父親に相談したら、「別に行かなくてもよい」と言っていたが、そういうわけにはいかない。

ハルファス夫人の影響力は社交界でも指折りなのだ。夫人の茶会は選ばれた貴婦人しか招待されない。行かなかったら気分を害してしまうだろう。

そんな事情を知らない父親ではないのに、どうして？　と問いかけても、返事はうやむやにされてしまった。

茶会の日付は一ヶ月後だ。参加するしか道はないだろうとメルディアは決め込んでいる。たくさんの貴族の娘や夫人などが招待されると聞いたことがあるので、端のほうで気配を消していれば大丈夫だと自分に言い聞かせた。

考えごとをしながらフラフラと廊下を歩いていたら、角で誰かとぶつかってしまう。

「きゃあ！」

倒れそうになったメルディアを、同時に曲がってきた男性が抱き支える。ユージィンだった。

「申し訳ありません、お嬢様」

「い、いえ。私こそ、ごめんなさい、ユージィン」

メルディアは寄りかかっていたユージィンから離れ、俯きながら謝った。

「お嬢様、いかがされましたか？」

「え？」

「何か、悩みがあるのでしょうか？　……憂いごとがあるような顔をなさっております」

心配そうにメルディアを見下ろすユージィンから慌てて距離を取る。今回の件はユージィンを頼ってはいけない。自分の力だけでなんとかしなくては、と考えていたのだ。

「な、なんでもないのよ」

「お嬢様、嘘《うそ》は……」

「嘘じゃないわ！」

「お嬢様のことならなんでもわかります。どうか、私に聞かせていただけませんか？」

一瞬、ユージィンにすがりついて泣いてしまいたい、このままどこかに連れだしてほしい、という願望すらふつふつと湧き上がってくる。

だが、このまま優しさに甘えて頼ってはいけない。じりじりと詰め寄ってきていたユージィンの体を強く押し返した。

そして、力の限りの強がりをする。

「と、年下のあなたなんかに、相談して解決できることなんて一つもないわ！　思い上がらないで！」

心にもないことを言い切ったメルディアは、そのままユージィンの顔を見ることなく、走り去る。

酷い言葉を吐いたメルディアのほうが、深く傷ついたような表情をしているとは気づかずに。

昨日の最悪な気分を引き摺《ひず》ったまま、新しい朝を迎える。

(私ったら、どうしてユージィンにあんな酷い言葉を言ったのかしら……もっと、言い様はあったのに)

昨日から何度も同じ言葉を自身に問いかけている。もちろん後悔は尽きることはないし、自分を納得させる理由も思いつかなかった。

しかし、ユージィンのことで悩んでいる暇はない。メルディアは頬を叩いて気合いを入れると、侍女に新しく作った水色のドレスを準備するよう頼んだ。

それから髪の毛は夜会に行くような複雑な髪型にしてもらい、唇には淡い色合いのルージュを塗り、瞼《まぶた》には薄い紫色の線を引く。

そんな小綺麗ないでたちで向かったのは、兄の私室だった。

ジルヴィオ・ベルンハルト。メルディアの九つ上の兄で、現在は貴族の家を一軒一軒回りながら宝飾類を販売する仕事を担っている。

二十九歳と、ハイデアデルン男性の結婚適齢期から離れつつあるが、現在独身。結婚よりも仕事を優先しているという姿勢を崩そうとしないのだ。

そんなジルヴィオは、年の離れた妹を溺愛していたが、外では普通に接していたので、裏ではメルディアが兄の恋路を邪魔しているのでは？　という悪い噂さえ囁かれていた。

当のジルヴィオはさまざまな悪評には一切反応を示さず、つまらない噂話を広める人間には、対象が気づかないように、正当なやり方で仕返しをするという強《したた》かさもあった。

メルディアは常々、兄の行いを参考にと思っていたが、なかなか上手く自分の中に取り込めずにいた。

その兄の仕事について回り、貴族婦人の雰囲気に慣れようかと考えていたのだ。

朝から着飾って現れた妹を、兄ジルヴィオは驚きの表情とともに出迎えた。

「どうしたのですか、メルディア?」

「突然ごめんなさい、兄上。実はお願いがあって」

メルディアの願いをジルヴィオはあっさりと了承してくれた。だが、あとから眩《まぶ》しいほどの笑顔で条件がだされる。

「メルディア。その格好は地味なので、着替えてください」

「え?」

「今日は宝飾品の、試着モデルをしてもらいます」

ジルヴィオはメルディアの背後に控えていた侍女に指示をだす。

「ドレスは一番派手なものを。あれば色は赤で。化粧も同様に」

兄の指示を聞きながら、メルディアは衣装部屋で眠っていた露出の高い、深紅のドレスがあるのを思いだす。あれを準備されたらどうしようと不安になっていたが、早く準備するように急かされて、侍女に腕を引かれながら私室へと戻った。

予想どおり、侍女の手によって用意されたのは、所持しているドレスの中で一番派手な深紅のドレスだった。

袖はなく、胸元は大きく開き、体の線に沿った形のドレスには、左側の脚が剝《む》きだしとなるような切り込みが入っている。

着替えと化粧が終わると、別の侍女が四角い皿状の盆を持ってきた。それらは、先日買いつけたばかりの宝飾品である。

髪飾り、耳飾り、首飾り、指輪と同じ意匠で作られた品はどれも一点物で、高価そうに見える。

そのような品々が、メルディアに着けられていく。引き受けた以上、大人しく受け入れるしかなかった。

二人の侍女は着飾ったメルディアを見て息を呑んでいた。メルディアは意味がわからずに、小首を傾《かし》げるばかりである。

着飾ったメルディアを見たジルヴィオは、「完璧ですね」と絶賛する。

いざ、商談へと並んででかけようとした瞬間、目の前に立ちはだかる者が現れた。

「――おい、二人揃《そろ》ってどこかに行くのか？」

その人物は、メルディアとジルヴィオの父親である、ベルンハルト商会の会長アルフォンソだった。

「お仕事ですよ、父上」

「どうしてメルディアを連れている？」

「アレクシスの輝石を確実に売るためです」

「なんだと⁉」

アルフォンソは鋭い視線を派手な装いをしている娘に向けた。メルディアは父親の咎《とが》めるような視線から逃れるために、兄の背中に素早く隠れる。

「申し訳ありませんが父上、約束の時間に遅れてしまうので」

「は⁉」

ジルヴィオはどっしり厳《いか》つく立つ父親を軽く手で払い、メルディアを連れだそうとした。

「説教は夜にでも聞かせてください」

「なっ、お前⁉」

父親にあんな態度を取っていいものか。メルディアは不安を抱えつつも、ジルヴィオのあとに続いたのだった。

ハインリード伯爵家。かの伯爵家のご当主は、結婚二十年目の妻への贈り物を探していたため、確かな品を扱っているベルンハルト商会を呼んだのだ。

商人と取り引きするために伯爵は客間へと向かう。五年前から訪れている商人、ジルヴィオ・ベルンハルトは油断ならない男なので、下手なものを掴まされないように注意しなければ、と執事にも注意していた。

◇◇◇

客間へ入ると思いがけない人物を目にして、息をするのも忘れてしまう。

ジルヴィオ・ベルンハルトの隣に座っていたのは、見たこともないような美女だった。

金糸のような美しい髪は頭の高い位置で結われ、その結び目には細かな宝石がちりばめられた白金の髪飾りが輝きを放っている。

髪のかかっていない耳には、雫《しずく》型にカットされた耳飾りが女性の麗しい相貌を際立たせていた。首元から大きく開かれたドレスには、豊《は》かな胸の谷間が存在感を主張している。その眩《まばゆ》いほどの双丘を飾るのは、大粒の輝石が嵌め込まれた首飾り。

深い切り込みの入ったスカートからは、白く長い脚が覗いており、膝の上に揃えて置かれた手には、贅《ぜい》を尽くしたかのような指輪がある。

女性は伯爵と目が合うと、まるで汚い物を見るかのような視線を返した。

初対面である美しい女性からの不躾《ぶしつけ》な目に、伯爵の被虐心が刺激される。背筋がゾクゾクしているのを悟られないように、伯爵は懸命に平静を装っていた。

そんな、突如として現れた完璧な美女に、伯爵は一瞬で心を奪われてしまう。

「メルディア、いけない子ですね」

ジルヴィオ・ベルンハルトの声で伯爵は我に返った。メルディア、と呼ばれた女性も伯爵から目を逸らす。

少し動いただけで、宝石がキラキラと輝いた。

そこで伯爵は初めて知る。宝石というのは、女性の美しさを受けてさらに輝くのだと。

「お久しぶりですね、ハインリード伯爵」

「あ、ああ。そなたも息災のようだな」

「お陰様で」

立ち上がって一切隙のない笑顔を浮かべているジルヴィオから差しだされた手を、伯爵は苦々しい表情で握り返した。

「――して、そのご婦人は？」

伯爵とジルヴィオが挨拶をしている間も、座ったまま不機嫌顔で軽く俯いている、メルディアという女性について問いかけた。

もしや美貌の婚約者でも見せびらかしにきたのでは？　と伯爵は舌打ちしそうになる。

だが、その邪推も外れることとなった。

「妹です。メルディア・ベルンハルト、と申します」

「さようであったか！」

妹だと紹介されて、伯爵の萎《しぼ》んでいた気持ちも復活を遂げていた。これはたまらないと、伯爵は興奮状態でメルディアを見るが、その新緑の双眸《そうぼう》は伏せられていて残念に感じる。

このときになって伯爵は社交界にある噂を思いだした。

——ベルンハルト家の悪女、メルディアの奔放《ほんぽう》な話を。

しかしながら、これほどの美女。性悪でも構わないだろうに、と伯爵は考える。

「申し訳ありません、伯爵」

「な、なんのことだ？」

「メルディアはこのように人見知りでして」

「ひ、人見知り、だと⁉」

「はい。外見はこのように派手なのですが、酷く口下手でして」

よく見ればメルディアは心細いのか、兄の服の端をぎゅっと掴んでいる。見た目にそぐわない、幼い行動だ。

「では、社交界で流れる悪評は⁉」

「全部嘘ですね。妹は虫の一匹すら殺せませんよ」

「なんと‼」

悪女のような外見をしているのに、中身は聖女だというメルディアを見ながら、伯爵はさらなる興奮状態になった。

ジルヴィオは我を失った状態にある伯爵を見ながら、満足げに笑みを深めていた。

「今回は特別な品をご紹介します。宝石は儚いものですので、次の機会はいつになるやら。次はナシゥラント子爵家に訪問予定でしてね」

「ま、待て‼　いくらだ？」

ジルヴィオは悪い笑顔で金額の書かれた紙を指し示す。

悪徳商人《ジルヴィオ》から聞いた金額はだせないものではなかったので、伯爵は速攻商会券を取りだしてペンを走らせる。

「ありがとうございます」

「あ、ああ」

ジルヴィオの話を適当に流し、メルディアだけを眺めながら、伯爵はゴクリと生唾を呑み込む。商会券をジルヴィオの前に差しだしながら、逸《はや》る気持ちを抑え込んでいた。

「これで奥様も大喜びですね」

「――は？」

「このアレクシスの輝石はどれも一点物で、世界に二つとない稀少品《きしょう》となります」

ジルヴィオは丁寧な手つきでメルディアから宝飾品を外していく。そして、柔らかい布で宝石と金属部分を磨き、専用の入れ物に納めて、伯爵に手渡した。

「本来ならば、倍のお値段でのご紹介をしておりましたが、伯爵の素晴らしい記念日のためにお安くご提供をさせていただきました」

「そうで、あったか」

「はい！」

買ったのは美女ではなかった。美女が身に着けていた宝石である。

ジルヴィオと話しているうちに、錯覚してしまったのだ。

喉から手がでるほどに欲した美女が帰ったあと、伯爵はがっくりと肩を落とす。だが、買ってしまった宝石は一級品だ。妻は喜ぶだろう。

今まで幾度も浮気を繰り返し、愛人を屋敷に置いた日々もあった。そんな中でも伯爵の妻は、責めることなく、伯爵家の女主人としてあり続けたのだ。

いい買い物をしたのかもしれないと考え直し、伯爵は絶世の美女の記憶を頭の中から追いだした。

颯爽と歩く兄の後ろをメルディアは早足で追っていた。

◇◇◇

「兄上、兄上‼」

追いついて、兄の腕にメルディアはすがる。

「メルディア、どうかしましたか？」

「聞いておりませんでした。身に着けていた宝石が売り物で、あのように、高価な品だと」

「言ったらソワソワするかなと思いまして」

「た、確かに」

「大丈夫ですよ、メルディア。観察料はいただきましたから」

「え？」

「まさかあんなに伯爵がメルディアに食いつくとは思いもしなかったので、定価よりも高く売りました」

「ど、どういうことなの？」

「伯爵から不躾な視線を受けたでしょう？　慰謝料みたいなものです」

ジルヴィオは宝飾品に、メルディアを眺めていた代金も加えて請求したと言っている。そんなあくどいことをしたのかと、非難の目を向けた。

「まあ、元々は伯爵に売った金額でも、本来ならば手に入らないほどの稀少な品です」

アレクシスの輝石は、価値のわからない持ち主からそれなりの金額で買いつけた品だったという。価値のわかる者が値段をつけたら、屋敷が二軒も建つようだ。

思っていた以上に高価な宝飾品を身に着けていたと聞かされ、メルディアは気を失いそうになる。

「本来の価額で売りだせば、絶対に売れなかったので、半額での販売が決まっていたんです。意匠も古いものでしたし、売れないだろうって父上が言ってましてね」

伯爵はまんまとジルヴィオの策略に嵌まり、高価な宝飾品を購入してしまった。

なお、伯爵夫人には了承を得ていたと話す。

「それにしても、メルディアが宝石を身に着けていると、商品の価値が跳ね上がるみたいですね。目論見《もくろみ》どおりです」

それはぼったくりだ、なんて指摘する勇気は、今のメルディアは持ち合わせていなかった。

ベルンハルト家の悪い噂は兄のせいでは？　とメルディアは疑ってしまった。

結局、メルディアは疲れただけで、兄から人心掌握術を学ぶことはできなかった。

それとともに、ベルンハルト家の人間として生きるには、狡猾《こうかつ》でないといけないのだと気づく。

上手くやっていけるのか。まだ、明確な将来の構想は見えないままだった。

◇◇◇

メルディアは母親の知り合いに頼んで、何度か茶会に参加した。ところが、何回行っても馴染《なじ》めないという無惨な結果になっていたのだ。

若い令嬢を募って行われる集まりは、愉快なお喋りとおいしい菓子を楽しむ場でもある。が、社交界での情報も行き交う女たちの戦いの場でもあるのだ。

優しい令嬢たちに囲まれた状態でのお茶会だったが、メルディアは緊張で味のしない菓子を頬張り、紅茶の入ったカップとソーサーを摑めば手が震えるという残念な様子を見せるばかりだった。

令嬢たちは赤子をあやすような気持ちでメルディアに接したが、当の本人の警戒心が薄まらず、距離を縮めるに至らなかった。

そして、時間は残酷にも過ぎていき、ハルファス公爵夫人主催の茶会当日を迎えてしまう。

メルディアはなるべく目立たない服装や化粧、髪型をするように使用人に頼み、時間に余裕を持ってでかけた。

◇◇◇

同時刻、ハルファス公爵の庭園では、美しい令嬢たちが楽しそうに歓談をしていた。

大きなテーブルに九つある椅子は一つだけ空となっている。

「それにしても、ベルンハルト様はどうなさったのでしょうか?」

「ええ、心配だわ」

ハルファス夫人の近くに座る美貌の侯爵令嬢、レイシェイラ・スノームは憂いの表情を浮かべ、気にかけるような言葉を発していたが、内心では高笑いをしたい自分を必死に押し隠していたのだ。

メルセデス・ベルンハルトに招待状をだしたのはレイシェイラだ。意地の悪い侯爵令嬢は、茶会の開始時間を一時間遅く書いてだしたのだ。

(お茶会に遅れてきたメルディア・ベルンハルトは、どんな表情を見せてくださるのかしら?)

目の前にある、メルディアのために用意された紅茶が冷えきる様子を眺めながら、レイシェイラは悪辣な笑みを湛《たた》える口元を扇で覆い隠した。

◇◇◇

「あの、ですから、お茶会は一時間前に始まっております。どうかお急ぎください」

「――え?」

メルディアは公爵家の執事の言葉を信じがたいと言わんばかりの表情で聞き返す。

しかし、二度目に聞いた内容も一度目と変わらず。

早足で歩く執事を追うメルディアは、どうしてこのような事態になっているのだと自問を繰り返していた。

招待状は何度も読み返し、時間や場所も間違いがないようにしていたのだ。

(なんで、なんで、こんな事態に⁉)

すでに泣きだしそうになっていたが、歯を食いしばって必死で堪える。しばらく廊下を進むと、大きな窓から庭園へと案内された。庭園には無数の美しい薔薇《ばら》の花が咲き誇っていたが、メルディアに楽しむ余裕などなかった。

そして、茶会が行われる場所へ到着してしまう。

メルディアの到着を告げる執事の声が、頭の中でガンガンと響き渡り、目眩《めまい》を覚えるような感覚に陥っていた。

顔を上げなくてもわかる。ハルファス夫人の責めるような視線が、令嬢たちの非難する視線が、これでもかと突き刺さっていた。

（ま、また、やって、しまったわ！）

目頭がカッと熱くなるのを感じる。

（もう、消えてなくなってしまいたい‼）

メルディア自身の失敗か、それとも招待してくれた夫人の失敗か。混乱した頭の中では、冷静な考えなどできるわけもなく、ただただ俯くことしかできなかった。

（ユージィン、私、全然駄目だったわ）

完璧なお嬢様になるはずだったのに、この結果は情けない以外に表しようがない。

「いかがなさって？　メルディア・ベルンハルト。遅刻するなんて、具合でも悪いのかしら？」

ハルファス夫人の突き刺さるような冷たい一言で、メルディアはユージィンから言われていた言葉を思いだす。

――何かを言われて俯くようでは、相手が調子に乗ってしまう。さらにはつけ入る隙にもなります。

メルディアは、このままではいけないと自らを奮い起たせ、恐る恐る顔を上げた。

目の前には、不機嫌顔のハルファス公爵夫人と、非難するかのような表情を扇で隠す令嬢たち。

(胸を、張らなければ)

ドクドクと高鳴る胸の鼓動を抑えながら、メルディアは公爵夫人に向かって膝を深く折る。

「参上が遅れまして、申し訳ありませんでした」

「別に構わないのだけれど、何か、理由があるのかしら?」

「楽しみにする余り、時間を正確に把握するのを疎《おろそ》かにしてしまいました」

メルディアは膝を折って、頭を垂れる体勢のまま、ハキハキと質問に答える。目線が合っていなかったので、はっきり言い切ることができたのかもしれないと、心の中で不思議と冷静に考えていた。

「もういいわ。目障りだから、席に着いてちょうだい」

「ありがとう、ございます」

メルディアは再び頭を下げ、侍女が引いた椅子に座る。

額には汗が噴きだし、心臓も一向に落ち着かない状態を保っていたが、何事もなかったかのように装っていた。

噎《む》せ返るような薔薇の香りに包まれた庭園の中で、楽しい茶会は再開となる。

優雅な貴婦人が夢中になる話題といえば、流行《はや》りのドレスに、見目のよい貴公子の話、身に着けている宝飾品に、街で話題の菓子など。残念ながら、どれもメルディアには興味のないものばかりで、眠気を誘い込まれるような話もあった。

「レイシェイラ様の首飾りも素晴らしいですわ」

宝飾品の話題になったので、どこぞの令嬢の一人が、レイシェイラの着けている大粒の青い宝石が嵌め込まれた首飾りを褒め称《たた》える。

「いいえ、こんな小粒の首飾り。我が国一番の宝石商である、ベルンハルト商会のメルディア様の前で着けるには、恥ずかしいものですわ」

レイシェイラの謙遜の言葉とともに、皆の視線が一気にメルディアに集まる。

メルディアは平然とした表情を見せながら、穴があったらそこに隠れたいと願っていた。

「メルディア様、今までで一番素晴らしい宝石の贈り物のお話を教えてくださらない？」

「わたくしも興味があるわ」

「天下のベルンハルト商会ですもの。きっとわたくしたちの想像を遥《はる》かに超える品なのでしょうね」

レイシェイラの言葉に続くように繰りだされた令嬢らの質問攻めに、メルディアの表情がみるみるうちに強ばる。

「メルディア様、どうかなさいましたの？」

「そういえば、今日は宝飾品を着けていませんのね」

「お綺麗な方だから、自らを飾る必要はないのよ、きっと」

遠慮のない言葉を浴びながら、背中に嫌な汗が伝っていくのを感じていた。

（なんて返事をしていいのか、まったくわからないわ。それに、宝石の贈り物なんて、一度も貰《もら》った覚えなんてないし）

メルディアが父親から誕生日に貰う品は、宝飾類ではない。

（うさぎのぬいぐるみを貰って喜んでいるなんて、絶対に恥ずかしくて言えるわけないわ）

昨年の誕生日には、父親からはうさぎのぬいぐるみを貰い、母親からはうさぎの筆入れ、兄からは異国で買ってきたという香水を貰った。

ぬいぐるみはメルディアが生まれたときに父親が二十年分予約をしてあったもので、毎年それを楽しみにしていたのだ。

よそ行きの服装に合わせる宝飾類はすべて借り物で、メルディアは宝石があしらわれるような高価な飾り物は一つも所持していない。

「教えていただけるかしら、メルディア・ベルンハルト。素晴らしい、至宝とも呼ばれる、宝石のお話を。それくらいご存知よね？　ベルンハルト商会は、一流の商品を取り扱っているのですから」

ハルファス公爵夫人に質問され、メルディアは息を呑む。彼女には、宝石の知識など欠片《かけら》もなかったのだ。

メルディアは絶体絶命の危機に追いやられる。


見つめ合う公爵夫人とメルディアの二人を見ながら、歓喜に震える者がいた。

言わずもがな、メルディアに茶会の間違った開始時間を記して送り、かつ、今のこの状況を作りだした本人、レイシェイラ嬢だ。

(遂に、遂に、メルディア・ベルンハルトの鉄面皮が歪みましたわ!)

公爵夫人に対峙《たいじ》するメルディアは、眉尻が下がり、困ったような表情で言葉に詰まっているように見える。

(ウフフ、そろそろ助けてあげましょうか、それともまだこの状況を楽しむべきか)

レイシェイラがそんなことを考えていると、思いもよらない話が、メルディアの口から語られる。

「父と母の、新婚旅行の話なのですが」

「あなたのご両親?」

「はい」

メルディアは一つだけ母親から聞いた至宝の思い出話があったので、それをか細い声で語りだした。

「二十年以上も前、新婚旅行にでかけた両親は、船で移動しておりまして、そのときに、今までの人生の中で一番の宝を見たと言ってました」

「見た、と言うことは、手に入らなかったのかしら？」

「はい。それは、人の手では掴めない宝だったのです」

メルディアの両親が見た宝とは、夜空に瞬く満天の星だった。

この国の夜空は厚い雲に覆われているので、明るい星しか見えない。なので余計に珍しい星空を、尊い物として眺めていたのだと母親が語っていたことを、メルディアは記憶の底から思いだしながら話した。

「まあ、素敵ね」

ポツリと公爵夫人は呟《つぶや》く。それに続いて他の令嬢たちも、メルディアの話を絶賛し始めた。その中でキョトンとしていたのは、レイシェイラ一人だけだった。

それから一時間後に茶会はお開きとなった。公爵夫人は急ぎの客人がきたようで席を離れる。メルディアはやっと終わったと安堵《あんど》の息をつくのを我慢しながら、立ち上がって公爵夫人に礼をする。ここで、まさかの声かけがあった。

「メルディア・ベルンハルト」

「は、はい！」

「あなたの話はなかなか新鮮だったわ。また、今度ゆっくり話しましょう」

「ありがとう、ございます」

なんとか嫌われるという事態は回避したのだな、とメルディアはこのときになって知った。


一方、レイシェイラは爪を噛み、表情を歪ませる。一人、心の中で憤怒《ふんぬ》を露《あら》わにしていた。

(こんなはずでは、ありませんでしたのに‼)

本日の茶会での目論見が外れてしまった。他の参加者とともに庭園を抜けて、公爵家の廊下を歩いている間も、湧き上がる怒りが治まらずに、持て余していた。

件《くだん》のメルディア嬢はいない。しばらく庭を眺めてから帰ると言って、一緒に帰ることを辞したのだ。

「でも、メルディア様は意外なお方でしたわね」

「ええ、案外穏やかな方ですのね」

令嬢たちのお喋りを聞きながら、レイシェイラは舌打ちを我慢するが、顔が醜く歪んでいくのは止められなかった。その凶相を自覚して素早く扇で隠す。

（どうして、このような結果に‼）

ギリ、と奥歯を噛み締めつつ、悔しい気持ちを抑え込む。

（――この感情を、家に持ち帰ってはいけない）

レイシェイラはくるりと踵《きびす》を返す。

「あの、レイシェイラ様、どうかなさって？」

「庭園に、忘れ物をしたようですわ」

「まあ！」

「とても、大切なものだから、今から探しに行ってきますわね」

心配そうに取り囲んでいた令嬢たちを振り返りもせずに、レイシェイラは庭園までの道を早足で歩いていく。

（あの女に、一言、物申さなければ‼）

レイシェイラは、メルディアに嫌味の一つでも言って泣かせてやろうと考えていた。

今日の感じを見る限り、メルディアは強気な性格ではないということがわかっていたので、気晴らしをしようと思い至ったわけだ。

薔薇と薔薇の苗木の間をすり抜け、テーブルと椅子が置かれた広場へ辿《たど》り着く。

「メルディア！　メルディア・ベルンハルト！」

レイシェイラはメルディアが見えた瞬間に、自然と名前を叫んでいた。

「――⁉」

さあ、泣かせてやろうか！　と意気込みながら近づいたのに、メルディア・ベルンハルトはすでに眦から大粒の涙を流していたのだ。

「あ、あなた、なんで、泣いていますの？」

今になってレイシェイラの存在に気がついたメルディアは、慌てて涙を拭うも止まらないので、さっとハンカチで顔を隠す。

レイシェイラはメルディアの近くに寄り、ハンカチを奪い取った。

「質問に、答えていただけます？」

メルディアはめそめそするばかりで、何も言わない。

「メルディア・ベルンハルト‼」

耳元で名を叫ぶと、ビクリとメルディアの体が震えた。

自分よりも年上の、しかもとびきりの美人がレイシェイラの言葉に怯え、顔を真っ赤に染めている様子を見ていると、今までの苛立《いらだ》ちが消えて、自分の中にあるはずもない嗜《し》虐心《ぎゃくしん》が満たされるような気分になった。

レイシェイラは調子に乗って、さらなる攻撃的な言葉をメルディアにぶつける。

「言葉もあまりご存知ないのかしら⁉」

「あ、あの、その、ご、ごめんなさい」

「謝ってないで、教えていただけるかしら、なぜ泣いているのかを」

「そ、それ、は、自分が、情け、なくて」

「はあ⁉」

「せ、折角、誘って、いただけた、の、のに、時間は、守れない、し、上手く、会話も、できなくて。いつも、き、緊張を、して、何も、話せなく、なって」

それ以上の言葉は詰まってしまってでてこなかった。レイシェイラは、メルディアの至極残念な様子を眺めている途中で正気に返り、自らの目的を思いだして頭を抱える。

（わ、わたくしは、こんな、こんな、ポンコツ相手に、醜い嫉妬をしていたなんて‼）

「いい大人が幼子のように泣いて、みっともありませんわ‼」

「ひっ、ご、ごめ」

「お黙りになって‼」

レイシェイラの叫びと同時に、薔薇の花の苗木の陰から、盆を地面に落とす音が響き渡った。

「誰ですの⁉」

苗木の前から、誰かが走り去る足音が聞こえた。

（まさか、今までの会話を⁉）

苗木の傍にいたのは使用人だろうが、二人の会話が噂になれば拙《まず》い事態になると、レイシェイラは青ざめながら考える。

メルディアとのことはまた次の機会にと考え、その場をあとにする。

「メルディア・ベルンハルト‼　覚えていなさい‼」

そう叫んで、話を立ち聞きしていた使用人を追った。

◇◇◇

茶会が終わったあとは落ち込んでいたメルディアだったが、馬車の中で振り返ってみれば、そこまで悪い内容ではなかったのでは⁉　と思いなおしていた。

けれど、反省すべき点はたくさんあった。

一つ目の反省点は、遅刻。招待された場所に遅れて参上するなどあってはならないこと。運よく主催者であるマリア・ハルファスは許してくれたが、普通ならば追い返されていただろう。

集合時間に間違いはなかったはずなので、もしかしたらあとから訂正の手紙が届いていたのかもしれない。手紙の整理を数日怠っていたことを今さらながら後悔した。次回からはきちんと万全な状態で参加をしようと決意を固める。

二つ目の反省点は、会話に自分から参加できなかったこと。

ドレスも、社交界で噂の殿方も、街で人気のお菓子も、深く把握しなければと反省する。

これはわかっていたことで、メルディアも話題に乗り遅れないようにと事前に調べていたのだ。けれども実際に話をするとなると令嬢たちは感性で語り始めてしまったので、頭に叩き込んだだけの知識はなんの役にも立たなかった。

付け焼き刃の知識ではいけないのだと、自らを省みる。

興味のないものを偽って話すのは無理があるのだ。ここは聞き手に回るしかないのだな、と諦めた。

三つ目の反省点は、我慢できなくなって公爵邸で泣いてしまったこと。

緊張から解放されたメルディアは、誰もいなくなった茶会の席で涙を流してしまった。

しかも、それを侯爵家の令嬢に目撃されてしまったのである。

二十を過ぎているのにもかかわらず、子どものように泣きじゃくるメルディアを、侯爵令嬢レイシェイラ・スノームはみっともない人だと罵倒した。

（叱られて怖かった。でも、そのとおりだわ）

彼女は公爵夫人の姪で、今回の茶会に招待してくれた張本人でもある。

（それにしても、レイシェイラ様は私よりも年下なのに、堂々としていて、完璧な貴婦人だわ）

夜会でも一度その姿を見て、立ち姿から何から美しいと思っていた令嬢と同一人物だったと、このときになって思いだす。

(レイシェイラ様に手紙をださなければ)

茶会に招待してくれた礼に加え、心配して様子を見にきてくれた礼を書かなければならない。家に招くのは失礼だろうかとメルディアは考えていた。

(そういえば、また会ってくれるって言っていたわね)

メルディアはレイシェイラの言っていた「覚えていなさい!」を都合よく解釈していた。

便箋《びんせん》は何を使おうか、などと考えている間に、馬車はユージィンの通う学士院の前を通る。帰宅時間なのか、歩道には多くの学生たちが列を成して楽しそうに歩いていた。

その中に、特別な存在がいたのをメルディアは目ざとく発見する。

(あそこにいるのは、ユージィンだわ!)

制服姿のユージィンは、何人かの男子生徒とともに歩いていた。他の生徒のような楽しそうな顔を見せることはなく、いつもの無表情でいる。

(どこにいても、ユージィンはユージィンなのね)

そんな揺るがないユージィンを見ていたら、酷く心が痛むのを感じた。

先日、暴言を吐いてからまともに喋っていなかったし、謝罪もできていなかったのだ。

近づけば甘えてしまう、離れたくなくなってしまう。

そんなふうに思っていたので、このまま嫌われた状態でも構わないと思っていた。それなのに、身が裂かれそうなくらい苦しいのだ。

(あの日の言葉を謝って、お礼、お礼を言うくらいならばいいはず)

今回はユージィンに言われていたことを実行できたので、なんとか矜持《きょうじ》を保てたのだ。その礼を言うくらいならば大丈夫だろうと、御者に声をかけて馬車を止めさせる。

窓を開けて、幼馴染みの名を叫んでいた。

「ユージィン！」

メルディアが名を呼ぶと、ユージィンの青い目は驚きで見開かれた。

御者が出入り口を開き、ユージィンを招き入れる。今日はベルンハルト邸での仕事の日だったので馬車の中へと入ってきた。

「突然呼び止めて、ごめんなさいね」

「いえ、謝罪など不要です」

ユージィンは素っ気ない言葉を吐き捨ててから、メルディアから視線を外し、斜め前の位置に腰を下ろす。

夕刻の沈んでいく眩しい日差しを避けるために窓のカーテンは閉められ、車内は薄暗い状態となっていた。

メルディアは先ほどから口を開いては閉ざし、という行動を何度も繰り返している。何を言っても「年下のくせに！」と傷つけてしまったユージィンには届かないことはわかっていたが、このままでは悲しい。二人の思い出すらも記憶から甦らせるたびに辛《つら》くなるからと、自分自身を奮い立たせた。

「あの、ユージ――」

「メル、言いたいことがあるのですが」

メルディアの渾身《こんしん》の勇気が籠もった言葉は、ユージィンに遮られてしまった。

「な、何かしら？」

「このように、男と二人きりになってはいけないと、礼儀の先生に習いませんでしたか？」

「え？」

ポカンとしているメルディアの隣に、ユージィンは移動し腰かける。

「私を、幼い頃から知っているから、弟のように思っているのでしょうか？」

「い、いえ、あなたを、弟のように、思ったことは、一度もないわ」

「ならば、なぜ、このような密室に招き入れた？」

ユージィンはメルディアの髪を纏めているリボンを摑んで一気に引いた。

緩く編んでいた三つ編みは、簡単にユージィンの指先で解かれてしまう。

されるがままのメルディアを眺めながら、ユージィンは落胆したかのようなため息をつく。

「メル、あなたは警戒心が足りない」

「い、いいえ。そ、そんな、こと、は」

「このように、髪の毛を触ることすら許しているのに？」

ユージィンはメルディアの髪をじっくりと触りながら、真っ赤になっている耳がよく見えるようにかきわける。

メルディアはいっさいの抵抗を見せずに、目をぎゅっと瞑《つぶ》って大人しくしていた。

「メル、メルディア」

切なげに名を囁かれた。

メルディアは追い詰められた状況にあったが、体が言うことを聞かずに硬直するばかりである。それどころか、名前を呼ばれて歓喜していることに気がつき、そんな自分を恥じていた。

ユージィンの言うとおり、いくら幼馴染みとはいえ、嫁入り前の娘が男性と二人きりになるのはよくないことだ。

使用人とでさえ、今の状況は許されていないとメルディアは本日何度目かもわからない反省をする。

結婚前の異性との交流方法についてはよくよく理解しているつもりだったが、茶会で疲労していたこともあり、さらにはユージィンとの関係に深く悩んでいたメルディアは、判断能力が低下していたのだ。

「ち、違う、の」

「違う？」

「今日は、あなたに、謝りたくて」

「何度も言っていますが、使用人に謝罪は不要です」

「違うわ‼」

メルディアは隣に座るユージィンに視線を移し、まっすぐに見つめる。

「私は、ずっと謝りたかったの。あなたのためにではなくて、自分のために」

ユージィンは静かな瞳をメルディアに向ける。

「勝手な女でしょう？　自分の言った暴言に罪悪感を覚えたから、発言の責任を放棄して謝るなんて」

「メル、それは――」

「ユージィンも、愛称で呼んでくれているのに、私の言葉は使用人のように跳ね返すなんて卑怯《ひきょう》だわ。仕着せを着ていないときは、幼馴染みの、私だけのユージィンでいてくれないの？」

ユージィンはハッと肩を震わせる。メルディアに指摘されて、ユージィンも言葉と行動の調和が取れていない自らに気づいたようだ。

「それに、二人きりが平気なのも、髪の毛に触れるのを許すのも、ユージィンだからなの。私、あなたを頼りない年下の男の人だと思ったことは一度もないわ。このままの私は何もできない状態で、一生あなたに甘えて生きなければならないことになるから、つい、強がってしまったのよ。ごめんなさいね」

ユージィンは、膝に肘を突いた状態で頭を抱えていた。メルディアは立ち上がって、ユージィンの前にしゃがみ込む。

「あと、今日、私はあなたの言葉を思いだして、なんとかお茶会を乗りきることができたわ。これは大きな一歩だと思っているの。だから、ありがとう。それでその、謝罪とお礼をしたいのだけれど、何かあるかしら？」

ユージィンは顔を上げ、膝を突いて座っているメルディアを引き上げて座らせる。目と目が合うと、深いため息をつく。

「ユージィン？」

彼の瞳には、ほんのわずかだけ戸惑いの色が滲《にじ》んでいるような気がした。

「あ、今、じゃなくてもいいの、よ」

「いえ、今、いただきます」

「え、ええ、どうぞ」

いったい何をいただくというのか。よくわからないまま、ユージィンの言葉を待つ。

じいっと見つめられて、メルディアは落ち着かない気分になっていた。

「頬に口づけを」

「え⁉」

驚きの言葉を発するのと同時に、メルディアの頬にユージィンの唇が押しつけられた。

(――口づけ、されるほうなの⁉)

メルディアは自分がするものだとばかり思っていたので、まさかの行動に混乱状態となる。

「ありがとうございました」

そして、何事もなかったかのようにユージィンは顔を離し、礼を述べた。

口づけをされた場所から火が噴いているのではと思うくらいに熱くなっている頬を、メルディアは手で強く押さえながら帰宅する。


帰宅後も、メルディアは一人物思いに耽る。

ユージィンはどういう意味で頬に口づけをしてくれたのか。それを考えるだけで胸がドキドキと高鳴って、何かが満たされたような気分になる。

この先、メルディアが望む未来は訪れないとわかっていたが、この温かな気持ちは大切にしようと心に決めた。

◇◇◇

早く仕事を切り上げて帰ったベルンハルト家の当主アルフォンソは、久々に娘と二人で夕食を取る。

今日は公爵家の茶会に招待されたというので、泣いて帰ってくるのでは、と実を言えば心配だったのだ。

ところが問題の娘は、ぽわんと上の空の様子を見せ、落ち込んだような表情は見せていない。そして、まるで酩酊《めいてい》したかのような様子で、給仕をするユージィンの姿を視線で追っていたのだ。

二人の間に何かがあったのは、鈍い中年にもわかる。

ここ数日、娘が落ち込んでいるのに何もできない自分を不甲斐《ふがい》なく思っていたが、今の状況も面白いものではなかった。

(あの男、娘を骨抜きにしよって‼)

何事もなかったかのように涼しい顔で食事の世話をするユージィンを、アルフォンソは睨みつけた。その視線に気がついたユージィンは、切り分けていた肉を主人の皿に装《よそ》う。

別に追加の肉を要求する視線ではなかったが、八つ当たりするかのようにフォークで刺すと、乱暴に口の中へと運んだ。

傍で食後の果実酒を杯《さかずき》へ注《つ》いでいるユージィンへ、アルフォンソは呪詛《じゆそ》のような言葉を呟く。

「責任を、取ってもらうからな」

「はい？」

アルフォンソの発言は早口で、かつ低い声色だったので、ユージィンには聞き取れなかったのだ。

娘の熱い視線に見ない振りを続けるユージィンを鋭い目で睨みつけ、手に持ったままとなっている果実酒を奪い取り、アルフォンソは一気に呷《あお》る。

本日も、アルフォンソの悩みは深まる一途であった。


今日は珍しく朝食の席に家族全員が揃った。アルフォンソは愛すべき家族を前に、幸せな気分に浸る。

メルディアの隣に座ったジルヴィオが、昨日の茶会の感想を聞いてくる。

「メルディア、公爵家の茶会はどうでしたか？」

「ええ、特別な問題もなく」

メルディアがそう言った途端に銀食器に何かがぶつかる音が聞こえた。

父アルフォンソが珍しく、匙を落としたらしい。

ジルヴィオはワナワナと震えるアルフォンソを一瞥し、温和な笑顔を浮かべる。そして、小さな子どもに話しかけるかのように優しい声で指摘した。

「父上、匙を落としましたよ。エドガルさん、新しいものを」

「すぐにご準備を」

落とした匙は皿の上で跳ね、テーブルの上に転がってしまったので、ちょうど食堂へ入ってきた執事に交換を頼む。

小刻みに震えるアルフォンソを、メルセデスが顔を覗き込んで心配する。

「アルフォンソ様、具合が悪いのですか？」

「……いや」

新しい匙を受け取ったアルフォンソは落ち着かない様子で、砂糖も何も入っていない紅茶をぐーるぐーるとかき混ぜていた。

メルディアは明るい表情で、アルフォンソに話しかける。

「それで、あの、父上にお願いがあるのですが」

「お、お前にはまだ早い!!　それに相手はまだ学――」

「え？」

「い、いや、なんでも、ない！」

アルフォンソは何かを誤魔化すようにカップを手に取って中身を口に含むが、甘さのない紅茶に顔を顰《しか》めていた。

「父上？」

「なんだ、早く言え！」

メルディアの願いは茶会に誘ってくれた侯爵家の令嬢、レイシェイラを家に招いてもいいかという、極めて可愛らしいものだった。

「べ、別に、それなら構わん」

「ありがとうございます、父上！」

初めての友達の訪問に、アルフォンソは内心「その娘は大物すぎないか!?」という心配はあったものの、温かい目で見守ることを決める。

ただ、念のために息子には「暗躍、駄目、絶対」と書かれた紙を手渡して、娘の初めての友達付き合いに手をださないよう牽制しておいた。

◇◇◇

数日後、侯爵家に一通の手紙が届く。宛名はレイシェイラとあり、差出人にはメルディア・ベルンハルトの名があった。

「まあ、メルディア様からお手紙が届きましたのね」

執事から涼しい顔で手紙を受け取っていたレイシェイラであったが、内心は嵐が吹き荒れるような、穏やかならざるものだった。

(い、いったい、何用ですの⁉　まさか、わたくしの策略がバレて、それに対する抗議文では……⁉)

一人になりたいと言って執事と侍女を部屋から追いだすと、手紙とまっすぐに向き合った。

(いいですわ、その挑戦、受けて立ちましてよ、メルディア・ベルンハルト‼)

威勢よく手紙を開いたが、中身はなんてことのない、茶会に招待してくれたことに対する喜びの言葉であった。それだけではなく、お開きになったときに戻ってきてまで心配してくれたレイシェイラに対する感謝の言葉が丁寧に綴《つづ》られている。

「な、何、これ……?」

さらに、礼がしたいからとベルンハルト邸に招くということまで書かれているのには、流石《さすが》のレイシェイラも仰天するしかなかった。

そして、脱力したままで「喜んで伺います」という返事を書いて執事に頼んで送ったことを、数時間後に正気に戻ったレイシェイラは後悔する。

それからあっという間に数日が経《た》ち、メルディアと面会する日を迎えた。

貴族の間では謎に包まれた未踏の地とされているベルンハルト家。

その客間にレイシェイラは座っている。

壁紙から調度品、茶器に至るまで花模様で統一された部屋は趣味がよく、社交界で囁かれる「美的感覚の狂った成金」という噂話は嘘だということが見て取れた。

老執事より用意された紅茶の香りも上品なもので、口に含めばふわりと豊かな渋みが舌を楽しませてくれる。

他人の家であったが、不思議と落ち着く空間だ。

うっかり落ち着きかけた瞬間、ハッと我に返る。

（いけないわ。ここは敵地‼）

レイシェイラはいまだ、メルディアを疑っていた。

（自分の陣地へ誘い込み、わたくしに仕返しをするつもりなのよ‼）

隙を見せてはいけない。レイシェイラは扇を広げて口元を隠し、戦闘態勢だとばかりに完璧な令嬢の仮面を被《かぶ》る。

（伯母様は心配ないとおっしゃっていたけれど、メルディア・ベルンハルト個人の情報は皆無。安心はできませんわ）

レイシェイラはここを訪れる数日前に伯母である公爵夫人と二人で茶会をした。その際、今日のことを話したのだが、ベルンハルト家との付き合いは進んでするべきだという助言を受けた。

(国への多大な社会貢献、騎士団の陰の功労者、孤児への待遇、どれも世間では広く知られていない素晴らしい行い……)

伯母から聞かされたのは、レイシェイラの知らなかったベルンハルト商会の功績だった。尊敬すべき家柄の娘だが、どうして悪評が広まっているのか。謎でしかない。

よく知りもしないで悪い人だと決めつけていた件については反省すべきだとレイシェイラは反省する。無知は恥じるべきことだと、実感した日の話である。

ベルンハルト商会の噂はでまかせだということはわかったが、メルディアについては、まだはっきりとした人となりを把握できていないので、今日、この場で見極めようと乗り込んできたわけだった。

(泣いて弱みを見せることも、丁寧に書いた手紙も、臆病に見せかけた性格も、すべて偽れることですもの)

レイシェイラ自身がそうであるように、メルディアもまた、周囲に愛されるように自分を偽っているのかもしれないと、そう、思い込んでいた。

客間に通されて待つこと数分、慌てた様子のメルディアがやってくる。

「ご、ごめんなさい、遅くなって」

「ええ、メルディア様は遅刻が得意ですものね」

「は、はい」

レイシェイラのいきなりの嫌味に、メルディアはなぜか照れたような表情で返事をする。

予想外の返しに、意地の悪い口元を隠していた扇を落としそうになった。

「お座りになったら？」

「あ、ありがとう」

もう、どちらが客かわからない状態となっていた。

腰を下ろしたメルディアだったが、そわそわとレイシェイラを眺め、目が合うと瞼を伏せる、というのを何度か繰り返していた。

その様子に我慢できなくなったレイシェイラは、ついつい棘《とげ》のある一言を発してしまう。

「何か？」

「あ、いえ、その、う、嬉しくって」

「嬉しい？」

「ええ。誰かを家に招待したのは、初めてだから」

「あなた、お友達はいませんの？」

「はい。一人も」

友達は一人もいませんが、それが何か？　といった感じに首を傾げながら返事をするメルディアを見て、レイシェイラは己の中の毒気が少しだけ抜かれているのに気づく。

しかしながら呆然《ぼうぜん》としていたのも一瞬で、これではいけないと頭《かぶり》を振った。

（いいえ、これも作戦ですわ‼　友達がいないと言って同情を誘って隙を見せるのを待っていますのよ‼）

捻くれた令嬢は、簡単には絆《ほだ》されない。

「あ、あの、お礼の品を受け取ってくれるかしら？」

「お礼？　わたくし、何かしたかしら？」

「お茶会に、招待してくれたことと、帰りがけに心配して見にきてくれたことと、今日、きてくれたこと」

メルディアは、消え入りそうな声で喋りながら立ち上がると、客間にある棚の中から包みを取りだす。

（な、何、あの、不気味に大きな包みの中身は？）

メルディアが持ってきたのは、薄紅の無地の紙に赤いリボンが結んで留められた、大きな包みだった。

受け取ったそれは、重さはないが全体的にモコモコと柔らかい。

（この贈り物が、もしかして仕返し⁉）

中身は趣味の悪い寝間着か、それとも緩衝材だけ入っていて中身は空という姑息《こそく》なものか、老婆が使うような地味な膝かけか。さまざまな憶測が頭の中を過《よ》ぎる。

「まあ、嬉しいですわ。ここで開けてもよろしくて？」

「ええ、どうぞ」

「ありがとう」

レイシェイラは勇気をだしてリボンを解《ほど》く。中から現れたのは――。

「こ、これ、は？」

「昨日、兄と買いに行ったの」

「お兄様、と？」

「ええ」

真っ白でふわふわの毛並みに、長くピンと張った二本の耳、円《つぶ》らな黒い瞳に小さなお口。

それは、うさぎ。

包みからでてきたのは、大きなうさぎのぬいぐるみだった。

思わず「ナニ、コレ？」と呟きそうになったが、メルディアの期待に満《み》ちあふれた眼差しを見てしまい、思わず言葉に詰まってしまう。

同じような目を、レイシェイラは知っていた。一番上の姉の子ども、レイシェイラの姪っ子が、似顔絵を描いて見せにくるときの目とまったく同じだった。

そういう場合に返す反応は、どんなものがきても一つと決まっている。

「か、可愛らしいですわ。わたくし、うさぎが大好きなの」

「本当⁉」

レイシェイラの言葉を聞いて、メルディアは零《こぼ》れるような笑みを浮かべる。

その微笑みの美しさに、うさぎのぬいぐるみを抱いている自分の馬鹿馬鹿しさに、レイシェイラは目を細めた。


うさぎのぬいぐるみを抱き締めた状態の、半笑いレイシェイラを眺めながらメルディアは安堵する。

(――ああ、よかったわ、喜んでいただけて)

(やっぱり兄上に相談して正解だったわ)

メルディアは礼の品は何を贈ったらいいかを兄のジルヴィオに相談していたのだ。

数日前、レイシェイラへの贈り物に悩んでいたメルディアは、仕事中以外はぼんやりと気の抜けたようになっていた。

若い令嬢が何を贈ったら喜ぶのかまったくわからなかったからだ。

一週間振りに買いつけから帰ってきたジルヴィオを迎えるときも上の空で、貰ったお土産も適当な作り笑顔を浮かべつつ受け取ったくらいだ。

そんなメルディアの様子を見て、ジルヴィオは笑いだしてしまう。

「兄上、いかがされたのですか？」

「いいえ、その土産は年頃の娘なら飛び上がって喜ぶような品なのに、メルディアは興味ないみたいで、とっても面白いなって」

「ご、ごめんなさい」

ジルヴィオが買ってきてくれたのは、美しい細工が施された卵形の容器に入った頬紅だった。アガイルという街でのみ販売されている、現在入手困難となっている商品だ。

そう言えば、先日の茶会でも話題に上がっていたな、とメルディアは記憶の底を掘り起こす。

「メルディア、何を悩んでいるのですか？」

「どうして、私が悩んでいるとわかったのですか？」

「普段はもう少し上手く喜んだ振りをするので。まあ、顔を見ただけでわかる話でもありますが」

「ご、ごめんなさい。せっかく贈ってくれたのに、価値をわかってなくて……。これからは、買ってこなくてもいいわ」

「いえいえ。メルディアの微妙な反応を見るのが目的であり、楽しみでもありますから」

「そ、そう？」

何もかも見破られてしまう兄には頭が上がらない。ジルヴィオの贈り物は、使用人いわく毎回趣味のいい品ばかりで、自分にはもったいないとメルディアは卑屈になってしまうのだ。

「それで、悩みとは？」

「あ‼」

このときになって気づく。若い令嬢が喜びそうな贈り物を兄に見繕ってもらえばいいのだと。

「あ、兄上、若いご令嬢が喜ぶ品をご存知でしょうか？」

「もしや、悩みはそれですか？」

「え、ええ、まあ」

メルディアはこれまでの経緯を説明する。

「というわけです」

「なるほど。相手は侯爵令嬢ですか」

「ええ」

「なかなか難しい相手ですね」

裕福な家の娘が喜ぶ品というのはあまり多くはない。彼女らは、望めば何もかも手に入るような環境で育ってきたからだ。

「そうですね。時間をかければ調べることも可能ですが」

「本当!?」

「それでは意味がないでしょう」

兄の言葉が理解できずに、メルディアは首を傾げる。そんな妹を諭すかのようにジルヴィオは優しく言葉をかけた。

「自分で相手が何を喜ぶか考えて、わからない場合はそれでいいのです。大切なのは相手を思い遣《や》る心であり、形あるものに気持ちを込めて贈る、という行動に意味があります」

「そう、かしら?」

「ええ。だから、わからない場合は、自分が貰って嬉しい品でいいのでは? それでメルディアの趣味を知ってもらい、親睦が深まる場合もあるでしょう」

「貰って、嬉しい、品」

メルディアの頭の中に浮かぶのは毎年父親から誕生日に貰う、とある品だった。

「何か思いつきましたか?」

「え、ええ。うさぎの、ぬいぐるみを」

予想どおりの品物に、ジルヴィオは口元を押さえて笑うのを堪える。

「子どもっぽいかしら?」

「いいえ、全然」

「まだ十五とか十六歳くらいだから、大丈夫よね」

「何も問題ではありませんよ。大切なのは気持ちですから」

ジルヴィオは嬉しそうに微笑み、メルディアを愛《め》でる。

「いやはや、困りましたね。父上から、余計なことはするなと言われていたのですが」

「そう、だったの？」

「ええ。ですが、メルディアの贈り物は、いいふるい落としになると思いますよ」

「ふるい落とし？」

「ええ。趣味が合えば、その場で友達になってくれるはずです」

贈り物をあげて、自分を知ってもらう。それを気に入ってくれたら、友達になれるのだ。

これまで知らなかった交流方法を知り、メルディアは嬉しくなる。

「メルディア、よかったらその贈り物を一緒に買いに行きませんか？」

「本当⁉　あ、でも次の兄上の休みだと、レイシェイラ様がくる前日になってしまうわ」

「大丈夫ですよ。あのお店にはきっと気に入る物がありますから」

数日後に馴染みの店へ買いに行く約束をして、無事にうさぎのぬいぐるみを手に入れるミッションに成功した。

うさぎが大好きという虚言を吐いてしまったレイシェイラは、無邪気な笑顔を見せるメルディアを目の当たりにして、今度こそ実感する。

(このお方は、間違いなく、悪い人ではありませんわ)

メルディアの行動は、レイシェイラの五歳になる姪にそっくりだった。

(そういえばあの子も知らない人の前では別人のように大人しくなって、しまいには泣きだしていましたわ)

◇◇◇

夜会での行動の数々は、人見知りゆえのものだと確信する。

(きっと緊張しすぎて怖い顔になっていたのね)

念のために人込みや知らない人に話しかけられるのが得意かと聞いたら、メルディアは恥ずかしそうな表情でどれも苦手だと素直に告白した。

「本当に、二十歳にもなって、情けない話で……。そ、それと、夜会では、陰口を耳に入れてしまうこともあって、余計に他人が苦手になってしまって」

「では、なぜ、わたくしは平気ですの?」

「レイシェイラ様は」

　メルディアは伏せていた顔を上げて話し始めるが、途中で言葉を呑み込んでしまう。

「わたくしが、何？」

　追及するとうろたえ始める。このままではいけない。そう思ってレイシェイラは言葉を続けた。

「言いかけてやめるのは気分が悪いですわ」

「ご、ごめんなさい」

「で？」

「は、はい。……レ、レイシェイラ様は、その、ユージィンに似ているの」

「は？　ユージィンとは、誰ですの？」

「ユージィン・ライエンバルド、よ」

　突然でてきた第三者の名に、レイシェイラは目が点となる。

「あ、あの、ユージィンみたいに、私の悪いところを指摘してくれるので、親近感が湧いたというか、なんというか」

「あの、話の詳細を聞きたいわけではないのです。ユージィン・ライエンバルドってどこのどなたですの？　あなたの恋人？」

「こっ⁉」

「恋人」という言葉を聞いた途端に、メルディアの頬は紅《あか》く染まっていく。それを両手で押さえ、突然の羞恥心に耐えていた。

「わかりましたわ。あなたは、その、恋人、ユージィンとやらにわたくしが似ているから、普通に話せるということですのね⁉」

「ユ、ユージィンは恋人じゃないわ！」

「恋人じゃなかったらなんですの？　婚約者？」

「いいえ、婚約者でもないの。私が、勝手に片思いをしているだけで」

「は？」

「え？」

「どういうこと、ですの？」

レイシェイラはメルディアの言葉を、身を乗りだしながら信じがたいものとして受け取る。

(片思い？　天下のメルディア・ベルンハルトが？　気のせいよ、そんなもの)

恵まれた容姿に、誰もが羨む財産、貴族や王族が一目置いている家に生まれ、さらには男性の好みそうな凹凸のある体つきを持つメルディアが片思いなどありえないとレイシェイラは決めつける。

「ちょっと微笑みかけただけで、殿方はあなたのことを一瞬で好きになるはずなのに、片思いですって⁉　嘘ですわ‼　あなた、ユージィンとやらの前ではいつも無愛想な顔をしていますの⁉」

「いいえ、私が本当に自然な姿を見せられるのは、ユージィンの前でだけ」

「それでも、ユージィンって人の心は射止められないと⁉」

「え、ええ」

そのユージィンとやらは何者なのか。まったく話が見えてこないが、深く聞く気になれなかった。

「レイシェイラ様にお願いがあるの」

「お願い？」

「ええ。私、完璧な貴婦人になりたくて、それで、レイシェイラ様に振る舞いや礼儀などをご教授いただきたいと、思っていて」

また、このお嬢様は突拍子もないことを言ってくるものだと、眉間に皺を寄せて意味もなく睨みつけた。

その鋭い視線にメルディアはビクリと肩を震わせるが、目を逸らしたら願いを聞いてもらえないと思ったのか、まっすぐにレイシェイラの双眸を見つめ返す。

「それは難しい話ですわ」

「そ、そんな！」

「だって、令嬢としての振る舞いなどは、特別に教わったものではなく、幼少時から自然と身についていたものばかりですもの。育ってきた環境が今のわたくしを作った、と言えばいいのかしら？　逆にあなたは、どうしてそれが備わっていないのかを疑問に思うべきですわ」

止《とど》めだとばかりに発せられた一言が心に深く刺さったのか、気丈な振りをしていたメルディアの表情は一気に曇り、視線も床に向いてしまう。

「そもそも、なぜ今になって完璧な貴婦人になりたいと思いましたの？」

「……か、ら」

「ぼそぼそとお喋りにならないでくださるかしら？」

「ごめんな、さい」

「もう、あなたの謝罪は聞き飽きましたの。謝ればなんでも許してもらえるという甘えは捨てるべきですわ」

「は、はい」

「それで？」

「完璧になりたいと思ったのは、ユージィンが、そう、望んだから」

またでたユージィン、いったい何者なの!?

レイシェイラは心の中でぼやいてしまう。

「あなたは、ユージィンとやらの言いつけを守って、立派な貴婦人になろうと思いましたのね」

「え、ええ」

会って数回、まともに話したのは今回が初めてのメルディアだったが、完璧な貴婦人になるのは絶対に無理だとレイシェイラは判断する。

ユージィンの言葉に疑問を持たないで素直に従うメルディアに腹が立ったし、無理だとわかっているのにそれを強要する男のほうも許せないという感情が、マグマのようにふつふつと湧き上がってきた。

「あなたは、そのユージィンとやらが言えば、なんでも従いますの？」

「ユージィンが、そう、望むのなら」

「人としての道理を外れた行為でも？」

「ユージィンは、間違ったことは、願わないわ」

「その、正しいか、正しくないか、の判断は誰がいたしますの？」

「ユージィンが」

レイシェイラは言葉を失い、天井を仰ぐ。

（完璧に洗脳されていますわ‼）

恋人ではない、ましては将来を誓った仲でもない相手をここまで信用させ、従わせるという謎の男ユージィン。

恐ろしく腹黒い男なのだろうと、考えただけで身震いしてしまう。

いったい何年かけてメルディアの信仰心を作り上げてきたのか、気になったので質問をしてみる。

「ユージィン、さん、とは、何年くらいのお付き合いですの？」

「七歳のときからだから、十五年、かしら？」

「そ、そんなに幼い頃から⁉」

レイシェイラは信じられないとばかりに瞠目《どうもく》する。

（これは洗脳ではなく、完全たる教育、いいえ、強引な調教ですわ‼）

レイシェイラは勝手にユージィン像を作り上げる。

（多分、メルディア・ベルンハルトの十歳くらい年上で、一見人のよさそうな、顔だけ男に決まっていますわ‼　彼女の言動や行動が幼いのも、きっとそういうふうに育てられたからですのね。なんて、恐ろしい話ですの）

ユージィン・ライエンバルド。推定三十歳。

昔からベルンハルト家に自由に出入りしていたというので、親しい顧客か取り引き相手だと予想。

大人しい少女だったメルディアを一目で気に入り、長い年月をかけて自分好みに教育及び調教。十数年の執着が見事に実を結び、自分の言うことを盲目的に信用する女性へと成長。しかしながら餌《えさ》は与えず、さらには社交界で役立つ振る舞いを身につけろと強要（↑今ココ）。

「なんという鬼畜‼」

「え？」

「い、いいえ、なんでもありませんわ」

レイシェイラの頭の中には確固たるユージィン像が完成していた。そして、その危ない人物から距離を置かなければ大変なことになると危惧《きぐ》する。

（きっと、鬼畜男以外に男性を知らないから、こんな酷いことに）

メルディアを不憫《ふびん》に思ったレイシェイラは、決心を固める。

「わかりましたわ。わたくしの知りうる限りのものを、あなたに伝授いたします」

夜会や茶会に参加して外の世界を知ってもらい、他に素敵な人を見つければ、ユージィンの呪縛からも解放されるのでは、とレイシェイラは考えたのだ。

「ですが、約束がありますの。教育期間中は、ユージィンよりも、わたくしのことを信用していただけるかしら？」

「それは、はい」

「本当に？」

「ええ、完璧な貴婦人になるまで、レイシェイラ様に従います」

こんなに安易に他人を信じて大丈夫かと、レイシェイラはメルディアのことが本気で心配になってしまった。

それからしばらく話をして、日も暮れてきたので暇《いとま》を告げる。

メルディアの玄関までの見送りを丁重に断り、貰ったぬいぐるみを小脇に抱えながら、ズンズンと一歩一歩に怒りのこもった足取りで廊下を進んでいく。

(それにしても、ユージィンの家名のライエンバルドはどこかで聞いた覚えのある名前ですわ。貴族だったような、違ったような……)

考えごとをしつつ、使用人の先導で歩いていたが、角を曲がったところで見知らぬ人物と鉢合わせしてしまう。

「──おや?」

先に反応を示したのは相手方だった。レイシェイラはその人物を見て、本日一番の驚《きょう》愕《がく》をすることとなる。

「──ユ、ユージィン・ライエンバルド!?」

「え?」

歳は三十前後、人のよさそうな柔らかな雰囲気に、女性の好みそうな整った顔立ち。背はすらりと高く、一切隙のない立ち姿。

目の前にいる男は、レイシェイラの頭の中にあったユージィン・ライエンバルド像と一致していたのだ。

まるで自分の家にいるかのように佇んでいる男を、きっと睨みつけた。

向こうが近寄ってこようとしたので、小脇に挟んでいたうさぎを楯《たて》代わりにしつつ、二、三歩後退する。

初対面のレイシェイラが明らかに不審な動きをしているのにもかかわらず、相手は動揺の欠片も見せない。

(流石は幼女を調教する変態。ちょっとやそっとじゃ動転しませんのね)

しかしながら、ここで睨み合いを続けるわけにもいかないので、レイシェイラは先制攻撃を仕掛ける。

指で人を差してはいけないと習ったが、レイシェイラはそれを今日破る。

見事にビシッと指を差したのだ。

ところが、相手はそんな行動など気にも留めていないようで、面白そうに目を細めるばかりだった。

そんな表情が、レイシェイラの怒りに火を点《つ》ける。

「わたくしの名はレイシェイラ‼」

一応、個人的な戦いなので家名は名乗らないでおいた。

「あなたに、宣戦布告いたしますわ‼」

堂々と言い放ち、相手が返事をする前に脇をすり抜けて走って逃げた。

実を言えば、レイシェイラは変態《ユージイン》との対峙が恐ろしくてたまらなかったのだ。

スカートの裾を摘《つ》まみ、全力疾走でベルンハルト家をあとにする。

変態は追ってこなかった。


廊下に取り残されたジルヴィオは、走り去っていく少女レイシェイラを眺めながら、笑いを堪えていた。

レイシェイラに置いていかれた使用人は、このまま立ち去るわけにもいかなかったので、ジルヴィオの機嫌を窺《うかが》う。

「いや、見事な勘違い」

「ですね」

ユージィンと勘違いされたジルヴィオは、さほど気にするような素振りを見せず、自室へ戻っていった。

嵐が去ったあとのベルンハルト家は、実に平和だった。

第三章

成金令嬢は、甘えを捨てて奮闘する

仕着せを纏ったユージィンが、丁重な態度でメルディアを出迎える。

「お帰りなさいませ、お嬢様」

他人行儀な態度のユージィンを見たメルディアは、まるで迷子になった子どものような表情を浮かべていた。

その悲痛な顔《かんばせ》を、ユージィンは必死になって見ない振りをしている。

それが、彼らの日常だった。

――遡《さかのぼ》ること三年前。

学士院から帰宅したユージィンは、すさまじい形相をしている祖母ランフォンに話があると呼びだされた。

父方の祖母であるランフォンはとても厳しい人で、幼い頃から少しだけ苦手意識があった。

ランフォンと父シンユーは異国生まれで、いろいろあってここに移住したとユージィンは聞いている。言葉も文化も違う国で、さまざまな苦労をしたであろうランフォンの言葉は、どれも辛くなるような重たいものばかりだ。

けれど、それが長男であるユージィンへの期待であることを知っている。

今回の話も、きっと重たいものに違いない。憂鬱になりながらも、ランフォンの部屋に繋がる階段を上がっていった。

「話を聞いていて、顔から火がでるかと思いました！」

案の定、ランフォンの話はユージィンが一番指摘されたくないものだった。

裁縫店で働くランフォンに、とある噂話を持ちかけた人物がいた。

その内容は〝かの、ベルンハルト家のお嬢様は大きな雑種の黒い犬を溺愛している〟というもの。

雑種の黒い犬、というのは言うまでもなく、異国の血が混じったユージィンのことだ。

ベルンハルト家のご令嬢、メルディアとの付き合いは幼少期から十一年も続いている。

周囲は姉弟《きょうだい》のように育った二人と微笑ましく見守っていたが、そう思わない者もいたのだ。

「念のために確認をします。あなたたちは、二人で密室に籠もり、一線を越えているわけではありませんよね？」

「いえ、ただ、本を読んでいるだけです」

「仲良く肩を寄せ合って？」

メルディアと二人、どのようにして本を読んでいたかなんて覚えていない。それに、肩を寄せ合って一冊の本を二人で読んでいたのは幼少期の話だ。

最近は、ユージィンは図書館で借りてきた本を、メルディアは兄の書斎にあった本を持ち寄り、毎日のように本を読むだけという時間を過ごしてきた。

それを誰かに見られて、よからぬ噂が広がったのだろう。ユージィンはひっそりとため息をつく。

「もう、今までのような付き合いはやめたほうがいいでしょうね」

「それは、わかっております。いつかそうするべきだと、考えておりました」

「本当に？」

ユージィンは頷く。別れの日は近いと自覚していたものの、それが今だとは考えもせずに、日々、メルディアが隣にいるのが当然だと思う毎日を送ってきたのである。

それはユージィンにとっては贅沢《ぜいたく》すぎる時間だったわけだ。

「メルディア・ベルンハルトは今年で十八歳。もう、見合いの一つ、いいえ、結婚をしていてもおかしくはない年齢です」

メルディアの結婚。それも、ユージィンの頭の中では想像していたが、自分以外の男の元へ嫁に行くということがどうしても信じられなかった。

ふいに、幼い頃の記憶が甦る。

——ユージィン大好き！

——ねえ、ユージィンは、いつまで私だけのユージィンでいてくれるの？

——私、ユージィンの言うことは、なんでも聞くわ。

すべてメルディアの口癖だ。

こんなことを言っている娘が、他人と結婚するなど想像できただろうか。

否、できていない。

「あなたは、自分の立場を把握していますか？」

「それは、わかって、います」

「いいえ、わかっていません。自分の顔を、鏡でご覧なさい。大切なものを奪われたような、酷くおぞましい顔をしています」

頬に触れ、自分の表情が醜《みにく》く歪んでいることに気づき、大きな衝撃を受ける。

「メルディア・ベルンハルトは、あなたの所有物ではありません。ましてや、恩人である、アルフォンソ・ベルンハルトの娘に手をだそうという考えからして間違っています」

十七年前、ユージィンの両親とランフォンはこの国へ移住した。その際に、異国人であった父親をベルンハルト商会で働けるように手配し、生活の手助けまでしてくれたのが、メルディアの父親であるアルフォンソだったのだ。

それ以前に母方の祖父エドガルも、職に困っている時期に拾ってもらう形で働き始めたという話も聞いている。

「あなたが国立の学士院に通えているのも、ベルンハルト商会からいただいている給金があってこそ、なのですよ」

「はい」

学士院はとにかく学費がかかる。授業料に教本代、毎年変わる制服に、支払いが強制されている行事支援金。これらの学費は普通の家の親に支払える金額ではない。

もともと国家学士院は、裕福な貴族の子どもが通うような場所なのだ。

平民であるライエンバルド家が、それらの支払いを可能としているのは、父親の稼いでくるベルンハルト商会の給金があるから。一般的な商会勤めならば不可能であることはユージィンも十分に自覚している。

「もしも、アルフォンソ・ベルンハルトの不興を買えば、騎士学校に通うエドガーも退学を余儀なくされるでしょう。騎士学校がベルンハルト家の援助を受けていることは知っていましたか？」

「はい、存じております」

「結構。それに、リュファだってこれから学士院に通うのですからね。父親がベルンハルト商会を解雇になればどうなるか、わからないほど馬鹿ではないでしょう?」

「それも、わかっております」

ユージィンの行動一つで、ライエンバルド家はあっさりと傾いてしまう。それに弟や妹の輝かしい未来をもつぶしてしまうのだと、強く自分に言い聞かせた。

「急に距離を取れば、相手も傷つくでしょう。ユージィン、あなたも」

「覚悟は、できております」

「いいえ、できていません。さっきから顔を、鏡をご覧なさいと言っているでしょうが」

そう言われたユージィンは、暗くなった窓に映る自分の顔を確認する。そこには、見たこともないような、深い悲嘆に暮れた己の顔が映しだされていた。

平気と言っている人間の表情でないのは一目瞭然。そんなユージィンに、祖母からさらなる容赦ない一言がかけられる。

「そうですね、これから、ベルンハルト家で働くといいでしょう」

「それは、どういう?」

「あなたと、メルディア・ベルンハルトとの立場を明確にするのです」

「使用人と、お嬢様に?」

「そのとおり」

使用人としてメルディアに頭を下げ続ければ、自分のいる位置もわかってくるだろうと、ランフォンは言う。

そして、その言葉どおりにユージィンはベルンハルト家で働くこととなった。

メルディアは相変わらず幼馴染みとして接してきたが、ユージィンは使用人としての対応に徹した。

突然冷たい態度になったユージィンにメルディアは深く傷ついたかのような表情を見せていたが、時間が解決すると何度も自分に言い聞かせた。

メルディアもいずれは立派な貴婦人となって、生涯の伴侶を見つけて幸せになる。無邪気に笑いかけるメルディアはいなくなるのだと、このときは信じて疑わなかった。

それから三年、ユージィンの予想を斜め上に裏切って、メルディアは昔と変わらぬままでい続けた。

茶会では誰とも話せないで落ち込んで帰ってくる。夜会に参加すれば、ベルンハルト商会の陰口を聞いて、泣いて部屋に引き籠もるのだ。

そして、ユージィンの顔を見れば、泣きついてくる。このままでは本当にいけない。

そう思ったユージィンは、ある願いをメルディアにする。

「あなたには、美しく、気高いお嬢様でいていただきたい」

嘘だった。年下の自分を無条件に慕ってくれる、いつものメルディアが好きだった。

けれど、今のメルディアが傍にいたら、ユージィンは必ず間違いを起こしてしまうと確信していた。

だから、気高く、社交界を渡っていけるような完璧な令嬢になれば、諦めがつくと考えたのだ。

臆病で泣き虫、おまけに人見知りのメルディアが社交界で上手くやっていけることが無理なのはユージィンが一番わかっている。

けれど、それ以外に諦める術《すべ》を思いつかなかったのだ。

しかしながら、メルディアの変化はすぐに現れた。

友達ができたというメルディアは、今までの引き籠もり生活が嘘のように外出を繰り返すようになる。

少しずつではあるが、完璧な令嬢への一歩を踏みだそうとしていた。

そんなメルディアをユージィンは心の中で応援する。

己の恋心を、元からないものとしてすりつぶしながら。

◇◇◇

本日はレイシェイラが主催した〝メルディア・ベルンハルトの完璧ご令嬢計画〟を話し合う、一回目の会合の日だ。

開催場所はレイシェイラの自宅であるスノーム侯爵邸。客間だと使用人が世話を焼くので私室へメルディアを案内した。それは人見知りするメルディアへの配慮でもあり、かの成金令嬢の幼い性格を外へ漏らさないようにするための対策でもあった。

レイシェイラの私室に案内されたメルディアは、部屋の目立つ位置に飾られたうさぎのぬいぐるみに気づくと満面の笑みでレイシェイラを振り返った。

「ぬいぐるみ、飾ってくれてありがとう」

「べ、別に、あそこしか置く場所がなかっただけですのよ」

メルディアが贈ったぬいぐるみは普段なら花瓶を置くような、背の高い花台の上に座らせるという待遇のよさだった。

「頑張って選んだから嬉しい」

「あなたが、選びましたの？」

「ええ。兄と一緒に」

「まあ！　あなた、お兄様がいらしたのね」

メルディアに兄がいることを知らなかったレイシェイラは意外だと驚く。なんとなく一人っ子みたいな印象があったし、今まで兄の噂話を耳に入れたことがなかったからだ。

「兄は、あまり夜会などには行かないみたいなの」

「そうですの？」

「夜はお客さんとの付き合いを優先しているようで。まあ、たまに参加するときもあるけれど」

メルディアの兄、ジルヴィオは貴族の家を回って宝石の訪問販売をしている。その売り上げは王都にあるベルンハルト商会の店舗を遥かに上回るという手腕を見せているようだ。

「お兄様はとても忙しくされていますのね」

「ええ、そんな中で、兄は一時間以上も悩んでいる私に付き合ってくれて」

「それは、気の長いお方ですこと！」

このような性格になったのも、甘やかす兄がいるからだろうかともレイシェイラは考える。

（それにしても、お兄様とお買い物、ねえ）

普通の兄は二十歳を過ぎた妹の買い物に付き合うものなのかと疑問に思うが、男兄弟のいないレイシェイラにはわからなかった。

「レイシェイラ様のご兄弟は？」

「ええ、姉が八人、妹が五人」

「大家族ね」

「妾《めかけ》の子もいますけれど」

貴族が妾や愛人を持つことは珍しいことではないが、母親一筋の父を見て育ったメルディアには信じがたい話だった。

「やっぱり、レイシェイラ様もご姉妹と一緒にお買い物とか行ったり、お茶を飲んでお喋りしたりするのかしら？」

「いいえ、残念ながらあなた方兄妹《きょうだい》のように仲良くありませんのよ」

スノーム侯爵家の毎日は戦争だ。誰が一番美しいか競い、どのようにして父親に宝石やドレスをねだろうかという策略を考えることに明け暮れ、姉妹の中で優劣を決めつけて勝ち誇った気分になる瞬間が一番楽しい——という泥沼関係だった。

レイシェイラの性根が捻くれてしまったのも、この互いを慮《おもんぱか》ることのない、自己主張の激しい女だらけの環境で育ったのが原因である。

「わたくしにも、気の合う兄がいたら、お買い物に付き合ってもらえたか、とか考えると不思議な気分になりますわね」

ふと、そんなことを呟いてから、厳しいだけの父親や叔父《おじ》などを思いだす。あの人たちは女性に優しくできない人種だから、いたとしても無理だなと考える。

切なくなって明後日《あさって》の方角を見つめていたら、メルディアが意外な言葉をかけてくれる。

「レ、レイシェイラ様、うちの兄でよかったら、いつでもお貸しするので」

「まあ、お忙しいお方なのに？」

「こちらがお願いしたら、きっと時間を作ってくれるわ」

「ふふ、お優しい方ですのね」

一時間以上もぬいぐるみ選びに悩んでいた優柔不断なメルディアの買い物に根気強く付き合っていた男だ。恐ろしく気が長く、自分に余裕のある優しい紳士なのだろうな、という印象をレイシェイラは抱いていた。

そして、そんな心の許せる兄がいるメルディアを羨ましくも思ってしまった。

話は逸れまくっていたが、やっと本題に移る。

「二ヶ月後に伯母様のお屋敷で夜会がありますの。それに参加していただきますわ」

夜会に参加、という言葉を聞いて、瞬時にメルディアの表情は強ばっていく。

「ですが、普通の参加ではございませんのよ」

「そ、それは、どういう、こと、なのかしら？」

恐怖が甦ってきているのか、震える声で問いかけるメルディアに、レイシェイラはハキハキと返答する。

「あなたには男装で参加していただきますわ」

「え⁉」

レイシェイラの作戦はこうだ。メルディアの高身長と端整な顔立ちを利用して男装し、異国からきた言葉が堪能でない貴族の青年として参加をする。それならばベルンハルト家の者だと思ってわざと近くで悪口を言う者もいなくなるし、異国人という設定ならば知らない人と喋らなくても不思議ではない。

「隣国に嫁いだ姉がおりますので、その姉の夫の親戚、という身分での参加になりますわ」

「バレないかしら?」

「その髪の色は鬘《かつら》を被ってごまかして、振る舞いなども今から特訓しますわ」

レイシェイラはあらかじめ持参するように言っていた、体の採寸情報が書かれた紙を受け取る。

「隣国風の衣装を作ってもらうから楽しみにしていてくださいね」

「え、ええ」

宝石の産地とされている隣国風の礼装と言うと、贅を尽くしたかのような華美な意匠で有名である。

「あ、あの、私に衣装代が払えるかどうか」

そんな言動をとるメルディアに、レイシェイラは呆れ返る。

「あなた、本当にあの成金ベルンハルト商会の娘ですの？」

「え、ええ、足りなかったら兄に、借りる、ので」

父親に迷惑はかけられないと、メルディアは震える声で言う。

「でしたらユージィンとやらに全額ださせればよろしいのに‼」

「いいえ‼　とんでもない‼」

メルディアは今まで聞いたこともないような大きな声で否定する。そんな様子に驚きつつも、衣装は心配するなとレイシェイラは説明した。

「実は、今回の件はすべて伯母様の着想ですの」

「レイシェイラ様の……もしかして、ハルファス公爵夫人？」

「ええ。それで面白そうだから、この企みに関するお金は伯母様が援助してくださることになりましたの」

公爵夫人の援助の話を聞いていくうちに、メルディアの顔はどんどん青ざめていく。知らないうちに大変な人物を巻き込んでしまった申し訳がなさがあるからか、泣きだしそうになっていた。

しかし今さら止められるわけがない。レイシェイラはメルディアに訴える。

「メルディア様、これは伯母様の夢でもありますの」

「え?」

この事実については黙っておくつもりだったが、あまりにもメルディアが気に病んでいたので告白する。

「実は伯母様は、その、女性に男装していただくことが夢だと語っておりましたの」

マリア・ハルファス夫人は隣国で刊行された、『男装騎士の国盗《くにと》り物語』という本を愛読していた。そして、その本の中にでてくる騎士のように、凛々《りり》しい衣装を着てくれる女性を探していたのだという。

ところが、この国の女性は背が低く顔が丸い者が多い。夫人の理想となる背丈や男装をしても違和感のないすっきりとした顔の形を持つ者はなかなか現れなかったのだ。

そんな中で、高身長で男装が似合いそうなメルディアを発見した。この機会を逃してはならないと、計画を立てたのだ。

「と、まあ、そんなわけですので、伯母様の夢を叶えてあげる、という上から目線で請け負っていただけると嬉しいですわ」

「そう、なの」

「あなたは、何も憂いを感じることはありませんのよ。安心なさって。わたくしが、夜会の楽しみ方を伝授いたしますから」

「はい、ありがとう、ございます」

メルディアが渋々納得してくれたことに安堵していたが、レイシェイラは自分の言葉に引っかかりを覚えていた。

夜会の楽しみ方。社交界へ初めて上がってから何度か貴族の主催する夜会に参加したが、楽しかったと思った覚えは一度もなかった。

綺麗な格好をして、扇の下に本音を隠し、相手にいいように見られるような振る舞いを心がける。そう、簡単に言ってしまえば、夜会とはつまらない見栄《みえ》の張り合い。一瞬たりとも気が抜けず、粗相をすれば家名を傷つける。着ているドレスや家の名前で相手を見下して、自尊心を保ち続けるのだ。

そんなことばかりで、楽しむという感情を抱く余裕など一度もなかった。

「レイシェイラ様、どうかなさったのですか？」

心配そうな顔で覗き込むメルディアの言葉で、レイシェイラはハッとする。

「いいえ、なんでもありませんわ」

いつもの余裕たっぷりの笑顔を浮かべ、相手を安心させる。そして、わざとらしく話題を変えた。

「それにしても、あなたはお金のことでユージィンに甘えませんのね」

「あ、当たり前です‼」

ユージィンのことになると普段の弱気をどこかへ吹き飛ばして、必死な形相になるメルディアがおかしくてレイシェイラは思わず笑ってしまう。

「はあ、おかしいったら。あなたも、ユージィンも、変わっていますわ」

「私は変わっているけれど、ユージィンはそんなことないわ」

「そうかしら?」

「今度よかったら、レイシェイラ様にユージィンを紹介したいです」

「それは結構ですわ‼」

レイシェイラが突然見せた、目を思いっきり開いた恐ろしい形相に、メルディアはビクッと肩を震わせる。

そんな様子になど気づいていないレイシェイラは、先日のユージィンとの邂逅《かいこう》を思いだして顔を歪める。あれは完全に負け戦だったと悔しい気分になっていた。

記憶の奥底へと封じていた、眉目秀麗な金髪の男の姿を甦らせる。

(――あれはただの鬼畜かつ変態‼　恐れるに足らず‼)

年上だからと言って怖がってはいけない。女性が好むような容姿を利用して、相手を言いなりにさせる駄目人間だと強く言い聞かせ、次に会う機会があれば徹底的に叩きのめしてやる、と意気込んでいた。

だが、そのためには攻撃材料が少ない。それに一度ベルンハルト家の屋敷の中で喧嘩《けんか》を売っているので、メルディアを通して会えばレイシェイラ側が不利になるとも考えていたのだ。

（やっぱり男の人って最低）

最初に参加した夜会での忌々しい記憶が甦る。男どもは皆、メルディアに心を奪われ、その本人がいなくなればレイシェイラに尻尾《しっぽ》を振ってくるのだ。そんな彼らを、レイシェイラは心の奥底で軽蔑していた。

幼い頃から心待ちにしていた社交界だったので、男性の不誠実な様子に夢を壊されてしまったのだ。

（でも、メルディアのお兄様みたいな人もいる）

優柔不断で弱気なメルディアに、根気よく付き合ってくれるような、心優しい男もいるのだ。すべての男性を憎んではいけないと、そう自分に言い聞かせていた。

◇◇◇

さわやかな朝。メルディアはすっきりと目覚める。

これまであれやこれやと悩みを抱え、ぐっすり眠れていなかったような気がする。けれども今はしっかり睡眠も取り、朝から元気だった。

憂いごとが完全になくなったわけではないものの、以前よりはずっといい。

レイシェイラに心から感謝した。


ベルンハルト邸の住人は食堂に集まり、使用人の給仕を受けていた。

本日はアルフォンソとジルヴィオ、メルディアが集まって朝食を囲む。

食事を終えたあと、執事が盆に載せていた品をメルディアの前に置いた。

「兄上様からの贈り物でございます」

「あ、ありがとう」

メルディアは綺麗に包装された小さな箱を持ち上げ、向かいに座る兄にぎこちない微笑みを見せた。

本日はメルディア・ベルンハルトの二十一歳の誕生日だったのだ。

「お誕生日おめでとう、メルディア」

「ありがとう、兄上」

貰った品を開封してもいいかと聞いてから、包みを開く。

「わ、わあ」

中に入っていたのは蔦《つた》模様が彫られている白金でできた指輪だ。貰った瞬間に綺麗な品だと心を奪われ、その後、自分にはもったいないと考えてしまう。

以前、兄に贈り物を貰ったときに嬉しくなさそうな顔をしていると言われたメルディアは、どういう表情をしていいのかわからずに、視線が宙を泳ぎ始める。

だが、これではいけないと思い、指に嵌めて兄に見せた。

「兄上、その、嬉しいです。ほ、本当です」

「それはよかった」

「今度の夜会に着けて、いくわ」

ジルヴィオはそんな不器用な妹の様子を楽しむかのように笑顔で頷く。

「こちらは旦那様からです」

執事の言葉にメルディアは素早く背後を振り返った。ところが、期待していた品は執事の持つ盆の上にはない。

「……あ」

執事の手によって目の前に置かれた品は、長方形の箱に入った大粒の宝石があしらわれた首飾りだった。

「お前も宝飾品の一つくらい持っていてもいいだろう」

「は、はい。ありがとう、ございま、す」

明らかに落胆した様子を見せる娘を、アルフォンソは訝《いぶか》しむ。

「どうした?」

「い、いいえ」

メルディアは首飾りを指でなぞりながら、顔を伏せている。その原因がわからないアルフォンソは、眉をひそめるばかりだった。

「今年は父上の負けですね」

「どういう意味だ⁉」

「だってメルディアがあんなに残念そうにしている」

「はあ⁉」

ジルヴィオはメルディアが表情を曇らせている理由を語りだす。

「メルディアは今年も父上からのぬいぐるみを期待していたのですよ」

「なんだと⁉」

アルフォンソは思わず涙目の娘を睨みつける。その顔を見たメルディアは、眦に溜めていた雫を溢れさせてしまった。

「は⁉　おま、どうして、馬鹿か⁉　ぬいぐるみが欲しいとか、今年でいくつだと思って……」

「う、うう」

信じられないとばかりに発せられた怒鳴り声も、はらはらと涙を流す愛娘を見ながらだと、どんどんと小さくなっていった。

ジルヴィオは信じがたいという表情で、アルフォンソを非難する。

「父上、どうしてそう、怖い顔をなさるのですか？」

「う、うるさい、顔は生まれつきだ‼　それに、どこの国に誕生日だからと言って、ぬいぐるみを欲しがる二十一歳がいると考える‼」

「ここに」

メルディアは執事から受け取ったハンカチで涙を拭っていた。そんな姿を見たジルヴィオは可哀想《かわいそう》に、と小さな声で呟く。

「父上もメルディアの趣味をご存知でしょうに」

「知っていて指輪を贈るお前もどうかしているがな‼」

「私は父上が今年もぬいぐるみを買ってくると思っていたのです」

「元々ぬいぐるみは二十年分しか注文をしていなかった‼　お前の分と合わせて何十年もぬいぐるみを受け取りに行く私の気持ちを考えたことはあったか⁉」

「それはさぞかし恥ずかしかったでしょうね。天下のベルンハルト商会の会長の手に可愛らしいぬいぐるみがあるというのは」

アルフォンソは子どもが生まれたその日にぬいぐるみを特別注文していたのだ。ジルヴィオのくまとメルディアのうさぎ、それぞれ二十年分。

どんなに忙しくても自分で店まで取りに行って、直接渡していた。だが、そのぬいぐるみは去年で終わりだったのだ。

「メルディア、うさぎのぬいぐるみは兄が買って差し上げますよ」

「おい、甘やかすな‼」

「父上はちょっと黙っていてくださいね。お叱りはあとで受けますから」

「はあ⁉」

幼い頃の素直な少年はどこへやら、すっかり口が達者になってしまった息子にアルフォンソは勝てなくなっていた。

ぐぬぬと声を漏らしながら、悔しさを押し殺して新聞紙を雑に摑んで読み始めることにする。

「どんなうさぎをご所望ですか、お姫様？」

「黒くて、青い目の、うさぎ、さん」

メルディアは、つい、子どもの頃にあげてしまった黒いうさぎのぬいぐるみを思いだして口にする。

本当は渡したくなかったのだが、小さな子ども相手だったので、我慢をしなければと言い聞かせながら渡したのだ。そのような事情もあり、現在メルディアが所有するうさぎのぬいぐるみは全部で十九体となっている。

そんな妹の望みを聞きながら何かを思いついたかのように、耳に入れた言葉を繰り返す。

「黒い毛で、青い目の、ね」

ジルヴィオは、食器を片付けていた老執事に問いかける。

「黒い髪と青い目を持つうさぎは出勤日だったかな」

意を汲んだ執事は、手帳から取りだしてジルヴィオに手渡した。いったいなんのことかわからないメルディアは、小首を傾げる。

いつもより賑《にぎ》やかな朝食であった。


執務室での仕事を終わらせたメルディアは、またしても一人で自己嫌悪に陥っていた。

気にしているのは朝の贈り物を貰ったときの態度だ。小さな子どもではあるまいし、卑屈な表情や我儘《わがまま》な態度を見せてしまったことを申し訳なく思う。

以前兄に贈り物には相手を喜ばせようという気持ちが籠もっている、という話を聞いたばかりなのに。どうしてそれを忘れてしまったのかと、自らを責めていた。

しかしながら、終わったことに対してうじうじと考えごとをしていても時間の無駄だ。次回から気をつけようと決意を新たにする。

一仕事終えてから、気分転換に馬を駆って遠乗りに行ってから帰宅すると、まさかの展開となる。玄関を通った瞬間に侍女に捕まって風呂場へと連行されてしまった。

それから全身を綺麗に磨き上げられ、いつの間に作ったのかもわからない真新しいドレスを着せられた。

そして、朝に兄から貰った白金の指輪を嵌められる。胸元の開いた青いドレスであったが、なぜか首には何も着けない。

髪の毛は編まずに流した状態で、頭部の前方から両耳までの髪を押さえる、細い半円形をした小さな宝石がちりばめられた金の髪飾り《カチューシャ》が差し込まれた。

どうしてこのように着飾る必要があるのかと尋ねると、侍女は「誕生日だからですよ」という言葉しか返さない。

侍女から解放されたのは、日も沈みきった時間帯だった。

久しぶりに馬に乗った疲労感もあって、ふらふらと私室に戻っていく。

部屋の扉を閉めて、灯《あか》りを点ける前にふうっとため息をつく。次の瞬間、窓際に人影があることに気づいて、びっくりしてしまった。

だが、薄暗い部屋の中で振り返ったのは、見慣れた男だった。

「ユージィン?」

部屋の灯りを点けて、その姿を確認する。

「どうして、ここに?」

「ジルヴィオ様から、ここにいるようにというご命令を、書面でいただいたもので」

仕着せではなく、学生服姿のままのユージィンは無表情で話す。

「何か飲み物でもご準備しましょうか?」

「い、いいえ、いらないわ」

着飾っている自分を見られるのが恥ずかしくなったメルディアは、やはり冷たい飲み物を持ってきてもらえばよかったと、熱くなっている頬を手のひらで押さえながら後悔する。

「よかったら、座って」

「ありがとうございます」

ずっと立ったままだったユージィンに、長椅子に座るように勧める。メルディアも対面となった位置に腰かけた。

「今日は、メルの誕生日ですね」

「え、ええ。そうね」

また一つユージィンと歳が離れてしまったと、悲しい気分になる。

どうあがいても、年齢差は埋まらない。それよりも、今、ユージィンとともに過ごす時間を楽しもう。

メルディアは以前よりも、ずっと前向きになっていた。

ユージィンとメルディアは、毎年誕生日になると本を贈り合っている。今年はどんな本だろうかと考えていると、目の前に細長い箱が置かれた。

「これ、は?」

「誕生日の贈り物です」

予想を裏切って、今年の贈り物は本ではなかった。震える指先で箱を掴み、じっと綺麗に包装された贈り物を眺める。

「こ、これ、ユージィンが、選んでくれたの？」

「ええ。先日、ジルヴィオ様のお供で宝飾店を訪れたときに、買い物をしてもいいと言われましたので」

いったい何を贈ってくれたのか。メルディアはばくばくとうるさい鼓動を鳴らしている心臓を押さえ、落ち着かせる。

「ここで開けてもいい？」

「どうぞ」

そっと丁寧に包装を解く。中に入っていたのは、黒レースがあしらわれたチョーカーだった。中心には、銀の薄い硬貨のような飾りがぶらさがっている。裏にはメルディアの名前が彫られていた。

「あ、ありがとう。嬉しい、わ」

突然の贈り物に驚いてしまい、父親や兄から贈り物を貰ったときと同様に、喜びを上手く表せない状態で礼を言ってしまった。

だが、ユージィンは無表情のまま、「チョーカーをつけて差し上げます」と言って立ち上がる。

ユージィンはメルディアの背後へと回り込むと、髪を片手で掬《すく》い上げ、左胸のほうへ慎重な手つきで垂らす。

そしてメルディアの首元へ手を伸ばし、チョーカーを巻きつけた。ヒヤリと冷たい円形の銀飾りが肌に触れたときは何も感じなかった。けれどもユージィンの指が直接触れたときは、ビクッと反応してしまう。

チョーカーの装着を終えて前に回り込んだユージィンは、淡く微笑みながら言った。

「よく、お似合いです」

「ありが、とう」

赤面している自覚があるメルディアは、目の前にいるユージィンを直視できずに俯いたまま礼を言った。

その後、部屋に食事が運ばれ、誕生日のケーキをユージィンと一緒に食べるという夢のようなひとときを味わう。

ユージィンが帰ったあと、兄がこの手配をしてくれたのだと察し、心の中でありがとうと何度も繰り返し礼を言った。

◇◇◇

レイシェイラはベルンハルト邸を再訪していた。先日誕生日だったというので、贈り物の花と菓子を持って参上したわけである。

メルディアは誕生日にユージィンと過ごしたらしい。嬉しそうに語り始める。

「それで、ユージィンがこれをくれて」

「まあ、これは――！」

贈り物を目にした瞬間、レイシェイラは天井を仰ぐ。

（――それって首輪じゃありませんの⁉　まるでご主人様と犬のようではありませんか‼）

ご丁寧にも裏側に名の入った円形の札を眺めながら、必死に突っ込みの言葉を抑え込む。

（ユージィン・ライエンバルド‼　許すまじ‼）

次に会ったら、絶対に容赦しない。レイシェイラの怒りに火が点いてしまった。

メルディアは男装して公爵家主催の夜会にでる、という約束をレイシェイラと取り交わした。まず、元の話となった本を読むように命じられる。

『男装騎士の国盗り物語』とは、とある伯爵家の令嬢が、男性寄りの美貌と高い身長を生かして男の姿で騎士隊に潜り込み、さまざまな権力者を男女問わず骨抜きにしていく、という単純な内容だ。隣国では人気のある作品で、現在も続編が出版されているらしい。

確かに読んでみると、男装騎士の性格は小ざっぱりとしていて気持ちがいいし、本命の王子とのつかず離れずの恋愛も気になってしまう。貸してもらった十二冊を読み終えたあとは、面白かった、続きが気になる、という感想をメルディアも抱いていた。

本の中に描かれている挿絵の騎士は、女性ながら凛々しく精悍《せいかん》な騎士姿で、これに扮《ふん》するのかとメルディアは不安になる。表紙には色つきの主人公が描かれており、長い髪を一つに括《くく》った髪型で、華美な騎士服を身に纏っていた。

メルディアは似ても似つかぬ姿である。

◇◇◇

後日、侯爵邸を訪れると、すでに衣装が完成していた。レイシェイラいわく、元々衣装は公爵夫人の趣味で作成されており、目の前にあるものはメルディアの体型に合うように手直しされただけの品だという。

「着る予定のない服にここまで力を入れられる情熱が素晴らしいですわね。もちろん、悪い意味で。制作費にいくら注ぎ込んだのか、怖くて聞けませんわ」

「金糸の刺繍が、眩しい」

衣装を飾るための胴体彫像《トルソ》に着せられているのは騎士服ではなく、大礼装と呼ばれる隣国での最上級の儀礼服だった。

詰め襟の上着には、胸元から袖口まで金糸で縫われた繡花模様があしらわれており、両肩にある肩章と飾緒はハイデアデルンの礼装では使われていない華美な意匠である。

そんな煌びやかな衣装を、メルディアは不思議そうに眺めていた。

「さて、始めましょうか。サクサクと仕上げて伯母様にお見せしないと」

レイシェイラの伯母様という言葉に、メルディアの肩がビクリと震える。

「やはり、伯母様には今日の参加をご遠慮していただいて正解でしたわね」

「こ、公爵夫人もいらっしゃる予定だったの？」

「ええ。念願の男装をしてくれる人材の確保ですもの」

「そ、そう」

「けれど、あなたが人見知りして、居心地悪く思うんじゃないかしら、って思ったからお断りしましたわ」

「ご、ごめんなさい」

「よろしくってよ」

何度か会ううちにメルディアの人となりを把握したレイシェイラは、完璧な心配りをしてくれる。使用人は極力近づかないように言いつけ、紅茶も茶器を食堂にレイシェイラが取りに行って手ずから淹《い》れたりと徹底していた。

そんなレイシェイラにメルディアは頭が上がらない。

「お喋りはここまでにして、まずは服を着こなすことからですわね」

「ええ、そうね」

レイシェイラは半年後、王宮に花嫁修業を兼ねて侍女として出仕する予定で、着付けや裁縫の方法を勉強しているらしい。そういった事情もあって、完璧ではないが一通り服などを着る手伝いができるのだ。

「シャツを着込む前に、これを胸周りに巻きますの」

目の前に示されたのは白く細長い布。衣装の下で胸が目立たないようにするものだ。

「服を全部脱いでいただけます？　下着もすべて」

「下着まで⁉」

「ええ。下着の上から布を巻いたら圧迫されて苦しいですわよ」

説明を聞くメルディアの表情が一気に曇る。侍女に裸を見られるのは今でも慣れないのが現状で、さらに相手がレイシェイラとなると羞恥は何倍にも膨れ上がっていた。

「もだもだしていないで、サクサク行きますわよ！」

「きゃあ！」

レイシェイラはメルディアを無視してブラウスのリボンを解き、ボタンを手早く外していく。そして、下着の金具も手早く解除して取り去り、なるべく体を見ないようにしながら白い布を巻きつけていった。

「あっ、うう、あ、苦し、い」

「変な声、ださないでいただけます？」

「ご、ごめんな、さ、はあ」

胸を平らにしたら、今度は腰周りに布を巻く作業に移った。

「こ、腰にも、巻くの、ね」

「ええ。このままでは細すぎる、から」

その後も、問答無用で着付けが進められた。

なんとかシャツにタイを巻いて、ズボンを穿《は》かせてベルトで締めたあと、底上げした長靴を着用させると、体だけ見ればそれなりに男のように見えてくる。

レイシェイラは厳しい双眸でメルディアの立ち姿を眺める。

「メルディア様、もっと背筋をシャンとしてくださらない？」

「あと、手は軽く拳を作っておいて、膝は離してから座る」

「は、はい」

姿形は男性のようなのに、膝を揃えて、羞恥心からか背中を丸くしながら座る格好は男らしくないらしい。熱血指導に、メルディアは従順に従った。

「ああ、手袋をしなければいけませんわね。手を見れば、女性か男性かわかってしまいますから」

「本当に、服装だけで性別を誤魔化せるものなのかしら？」

「男装だけでは無理でしょうね。歩き方や振る舞いに気をつけて、男性に見える特別な化粧をして、異国の少年だとつけ加えればきっと大丈夫ですわ」

「そ、そうよね」

レイシェイラは白い手袋を用意し、それを装着させる前にメルディアの右手にあった指輪を引き抜く。

「あら、素敵ですわ、この指輪！」

それはこの国では珍しい、白金でできた指輪だった。表面には細かなアイリスの模様が彫られていて、ひと目見ただけでわかるくらいの一級品だ。

「それは兄がくれた、お誕生日の贈り物なの」

「まあ！」

姉妹で贈り物を用意するという習慣のないレイシェイラは、メルディアの話を聞いて、仲のよい兄妹関係を羨ましく思ってしまった。

「考えてみれば、家族の誕生日なんて今まで祝った覚えがありませんでしたわね。伯母様が誕生日を祝ってくれるから、そのお礼をするくらいで」

レイシェイラの伯母は公爵夫人なので、贈り物にも気を遣う。メルディアも同じような悩みを抱えていたので、思わぬ共感を呼んでしまった。

「レイシェイラ様、私も、毎回家族へ何を贈ればいいか悩んでしまって」

「本当。贈り物って本当に難しいですわ」

「けれど、この前兄に教えてもらったの。相手が喜ぶものを贈るのもいいけれど、一番大切なのは相手に喜んでもらいたいという気持ちだから、って」

「言われてみれば。確かに、何も難しく考える必要はありませんのね。相手に喜んでもらいたいという気持ちは単純明快そのものですから」

「ええ。だから、私はレイシェイラ様にぬいぐるみを贈ったのよ。でも、やっぱり子どもっぽかったかしら？」

「そんなことありませんわ。お気に入りです」

その言葉を聞いて、メルディアはホッと胸を撫で下ろす。

「それはそうと、あなたのお兄様にお礼を言わなければいけませんわ。贈り物についての悩みが一つなくなりました、と」

「本当⁉　兄もレイシェイラ様に会いたいってこの前言っていたの」

「へ？　メルディア様のお兄様は、わたくしを知っているの？」

「ああ、ごめんなさい。私、兄にレイシェイラ様のお話をしていたの。それで、一度会ってみたいって。今思いだしたわ」

今までメルディアの会話の話題の中心はユージィンか兄、時々父親と母親の話だった。だんだんと回数を重ねるうちに、ユージィンの話をすればレイシェイラの顔が不機嫌になっていくのに気づいたメルディアは極力話さないようにしていた。

そして、その代わりに嫌な顔を見せない兄の話が多くなった、というわけである。

「迷惑だったら、断っておくけれど」

「いいえ、問題は、ありませんわ。いろいろ話を聞いているうちに、一度お話をしてみたいと思っていましたの」

「ありがとう！　今度兄に伝えておくわ」

レイシェイラは頬を赤らめつつ、頷く。

鈍感なメルディアはレイシェイラの変化に気づくことはない。むしろ、知らない人に会えるなんてすごいなあ、と尊敬の眼差しを向けているところだった。

「そ、そういえば、お兄様のお名前はなんと言いますの？」

「ごめんなさい、今まで散々話していたのに言ってなかったのね。ジルヴィオ、です。ジルヴィオ・ベルンハルト」

「ジルヴィオ様……」

　このときのレイシェイラは、メルディアの純情を踏み躙《にじ》る憎むべき変態鬼畜野郎（※冤《えん》罪《ざい》）と、メルディアの優しく紳士的なお兄様が同一人物とは思ってもいなかったのである。

　当然、メルディアも二人がすでに出会っていたことなど、知らなかったのだ。


　試着日以降も、メルディアはさまざまなレッスンを受ける。

　本日行うのはダンス。人脈を広げる目的もある夜会において最も重要なのは、いかに美しく舞い踊るかだとレイシェイラは語る。

「夜会での舞踏は若い男女のお見合いも兼ねておりますの。それに踊っている間も周囲の目が光っていて、皆、器量のいい結婚相手を探すのに必死になっていますわ」

　しかしながら、今回の公爵家の夜会は若い男女はあまり招待されていないので、伴侶探しのギラギラとした視線を受ける心配はない。それを聞いたメルディアは安堵した。

　そして、なんとか男性的な振る舞いを覚えたメルディアは、今度は男性用の舞踏の振りや足の運びを学ぶ。

密《ひそ》かに運動神経には自信のあったメルディアだったが、ある事実が明らかになった。

「あなた、絶望的なまでに音感がありませんのね」

一通り動きを覚えたメルディアは、レイシェイラの手を取って練習を始めた。だが、ことあるごとに歩調を間違えて相手の足を踏みつけたり、回転が音楽に合っていなかったり、力んでしまって強引な導きをしてしまって相手を疲れさせたりと散々な結果を残した。

「い、今まで兄としか踊ったことがなくて」

「きっと、ジルヴィオ様が上手く導いてくれていたのでしょうね」

「ええ。なんだかへこみます」

それからメルディアは自宅で個人練習を行うことを決めた。

ところが、一人での練習は驚くほどに上達の兆しが見えない。屋敷で働いている使用人たちはほとんど平民なので、踊れる者はいなかった。

そんなメルディアの特訓を使用人から聞きつけた兄ジルヴィオは、仕事から帰ると練習相手に名乗りでた。

だが、練習相手と言っても踊ってもらうのは女性側なので、申し訳ないと一度はお断りした。けれども、ジルヴィオも面白そうだからと言って引かなかった。

その日から毎晩、兄とのダンスレッスンが始まる。出張買いつけなどでジルヴィオがいない日は母親が練習に付き合う日もあれば、父親が兄妹の練習を胡乱《うろん》な眼差しで見守る日もあった。

◇◇◇

数日後、なんとか踊りは見られるような水準の域にまで達する。

レイシェイラはメルディアの努力を賞賛した。

「メルディア様、こんなに短期間でここまで踊れるようになるなんて、素晴らしいですわ」

「ええ、ほとんどは兄のお陰で」

「ジルヴィオ様が？」

その名を口にして、レイシェイラの胸が高鳴る。

レイシェイラの中でのジルヴィオといえば、妹思いで優しく、どこまでも真面目《まじめ》、仕事に熱心で、記念日なども正確に覚えているという、紳士の見本のような男だという認識だ。

ちょっととは言えない。かなり気になっている相手でもあった。

「はい。毎晩、仕事から帰ってきてから練習に付き合ってくれたの」

「まあ！」

最近のレイシェイラはジルヴィオのことが気になって仕方がないという病気を患ってい

た。会ったこともない人物にこういった気持ちを抱くのはおかしいことだと自覚しつつも、育ち始めてしまった淡い感情は、日に日に膨らんでいく一方だ。

以前言っていた、レイシェイラに会いたいという話は、仕事の繁忙期が終わってから、という話になっていた。ちょうどその頃は王宮での夜会のあとで、さらには侍女になる前の空き期間である。思い出作りにいいと考えていた。

別にジルヴィオとどうにかなりたいわけではない。少し夢を見たいだけだ。なんて自分に言い聞かせている。

レイシェイラはすでに結婚適齢期だ。侍女として王宮で働くのも一年未満の予定で、それから先は結婚生活が待っている。次の夜会で誰かに見初められる可能性もあった。

今までに何回か夜会に出席したので、何件か結婚の申し出もあったと父親から聞いていた。だが、家柄が釣り合わなかったので断ったらしい。

ふと、レイシェイラはメルディアを見つめる。

二十一歳、独身。結婚適齢期からは大きく外れ、嫁《い》き遅れと言っていい年頃だ。それなのに、夜会にでるのは嫌だ、知らない人が苦手だと暢気《のんき》な態度を見せている彼女は、結婚を焦っている様子は一度も見せない。

家族仲もいいようで、周囲も結婚を急かしていないのかと不思議に思った。

「あの、メルディア様は、結婚とかは考えていますの？」

メルディアは驚いた表情でレイシェイラを見つめる。そして、震える声で「どうして?」と聞き返してきた。

「だって、あなたもジルヴィオ様も結婚なさっていないでしょう?」

「それは、両親が結婚は焦らなくてもいいと、できれば好きな人と結婚してほしいと言っているから、なの」

「まあ、そうですの」

メルディアの父親は四回結婚をしている。うち三回はベルンハルト商会を大きくする目的で行われたもので、いずれも政略的な意味が強かった。なんて話をメルディアは語り始める。

「父が四度目の結婚をしたのが三十八歳、母が二十六歳のときで、初めての幸せとも言える結婚だったって話していたの。そんな両親の経験もあって、私や兄に結婚を急かさないのだと思うわ」

「そう。愛のない結婚は、不幸になりますの、ね」

「レイシェイラ様、その」

メルディアが窺うような目で見つめる。彼女が言いたいことはわかっている。

ベルンハルト家のように娘に対して結婚を急かさない親というのは、極めて稀なのだと。

「いいえ、大丈夫。わたくし、覚悟はできておりますのよ」

籠の中で大切に育てられた恋も知らない少女が、ただ美しくあることだけを望まれて、家の繁栄のために見知らぬ男の元へ嫁ぎ、世継ぎとなる子どもを産む。

貴族令嬢は疑問を持たずに、一族のための結婚を誇りに思っている。

けれど、レイシェイラは違う環境で育ったメルディアと出会ってしまった。好ましいと思う男性の存在も知ってしまった。今までのように、自分が一番綺麗だと競い合うことを下らないとさえ考えるようにもなっていたのだ。

だが、彼女は親に示された運命をまっすぐに辿ることしか許されていない。それがレイシェイラ・スノームという大貴族の娘の、たった一つ決められた人生だった。

なんて哀れで、悲しく、空《むな》しい人生なのだとレイシェイラは思ってしまった。

◇◇◇

季節は移ろい、あっという間に公爵家での夜会の晩となる。

メルディアは打ち合わせどおりに男装し、髪を一つに結んで物語の登場人物になりきっていた。

特別な化粧を施して、背を高くするための靴を履いた状態の、堂々とした佇まいを見せるメルディアは麗しい白皙《はくせき》の美少年に見える。会場に辿り着くまでに何度も周囲からの熱い視線を集めていた。

そんな男装姿を見た公爵夫人は大興奮し、よほど気に入ったからか、本日の相手役をしてほしいと望んだ。もちろん、正式なパートナーである公爵がいるので無理な話ではあったが。

レイシェイラを伴って会場に入ると、見慣れない服を着たメルディアに注目が集まった。あっという間に囲まれてしまったが、レイシェイラが異国の者でこちらの言葉はわからないと説明すると、言葉の砲火は一気に収まる。

背後にいる通訳の役をしている女性はベルンハルト家から連れてきた侍女だ。通訳をする振りをして、「すごい人ですね」とか「周囲の香水の匂いが混ざって酔いそうです」とかなんてことのない世間話を喋っているのだ。その行為がメルディアの緊張を解くことに役立っていた。

そうこう過ごしているうちに、楽団の演奏が始まる。

最初に踊るのは、主催者である公爵夫妻だ。それが終わると参加者たちが自由に踊る場になる。

音楽に合わせてくるくると踊る参加者に目を奪われていると、レイシェイラに服の裾をちょいちょいと引かれる。

視線で早く踊りの中に入れ、と指示しているのだ。

ダンスの成果を示すときだ。メルディアはレイシェイラに、膝を折って踊りの申し込みをする。

メルディアが差しだした手に、レイシェイラはそっと指先を添える。手を優しく摑んで引くと、踊りの輪の中へと入っていった。

緩やかな曲が流れる中で、メルディアの頭の中では周囲の人とぶつからないようにとか、レイシェイラの足を踏まないようにとか、心配ごとでいっぱいいっぱいになっている。

そんなメルディアを見て、レイシェイラは呆れるような視線を送っていた。

「ねえ、顔が怖いですわ」

そう指摘したあと、柔らかく微笑みながら言葉をかけてくれる。

「誰も、私たちのことは気にしておりませんわ。だから、楽しみましょう」

本日は結婚相手を探す目的の夜会ではない。参加者の年齢層も高めだ。踊る異国人風貴族の少年を過剰に気にする者はいなかった。レイシェイラのその言葉でメルディアの気持ちがすっと軽くなる。

メルディアは早くなった曲に合わせてレイシェイラの体をくるりと回す。突然の思いきりのよさに、レイシェイラは愉快だと言わんばかりの笑い声を上げた。

それからメルディアとレイシェイラは、三曲続けて踊った。周囲を避けながらの踊りは緊張感もあるが、そのはらはらな気持ちが楽しく思えるようになっていた。

息を整えるために踊りの輪の中から外れ、ウエイターからオレンジジュースを受け取って一気に飲み干した。

興奮が冷めやらぬ二人は、何回かグラスを空にしながら他の参加者たちの踊りを眺める。

途中、飲食卓の上に、マコロン・ムーが山のように詰まれた皿が運ばれてくる。その菓子に目がなかったレイシェイラは、メルディアの手を引いてその場まで歩いていった。

見事なまでに塔のように積み上がったマコロン・ムーである。レイシェイラは一つ手に取ると、メルディアの口の中へと押し込む。

「どう？」

メルディアが甘い菓子が苦手なのを知っていて意地悪をしているのだろう。メルディアは周囲にばれないようにレイシェイラの耳元で「とっても甘いわ」と口の中の状態に反した苦々しい感想を呟く。

それからレイシェイラは、上目遣いでメルディアを見つつ、まるで恋人に言うような甘い言葉を囁いた。

「わたくし、薄紅色のマコロンが食べたいですわ」

そんなレイシェイラの要求に応える形でメルディアは薄紅色の菓子を手に取り、少女のふっくらとした唇へ持っていく。

薄紅のマコロン・ムーを口にしたレイシェイラは、ふふっと口元を両手で隠しながら自然な笑みを零す。

「こんな楽しい夜会は初めてですわ」

彼女同様に、メルディアもそうだと思う。夜会は楽しいものだったのだ。


その後、メルディアは公爵夫人と踊り、その様子をレイシェイラは静かに眺めていた。

伯母は夢が叶ったのが相当に嬉しかったようで、今も恋を初めて知ったかのような乙女の顔で踊っている。隣にいる公爵はそんな妻の姿を呆れたように見つめていた。

気分よく伯母とメルディアのダンスを眺めていたのだが、視界の端を孔雀《くじやく》のような格好をした女性が通り過ぎていった。この場にそぐわない格好だったが、見て見ぬ振りをする。

背後にいたご婦人方の会話がレイシェイラの耳に入ってきた。

「ねえ、見て！　ノーヴル伯爵夫人よ」

「まあ、なんて派手な」

夜会とはつまらない噂話の温床なのだ。こうなるのも仕方がない。確証のない話など聞きたくなかったのだが、声が大きいので内容が耳に飛び込んでしまう。

「やっぱり、あの噂は本当なのね！」

「噂？」

「ええ。若い愛人がいて、お金遣いが荒くなったって話よ」

「まあ！　だからあのように若作りをしているのね」

「けれど、浮気相手は慎重なのか、尻尾が掴めないのですって。夫人の旦那様が職場でブツブツ言っていたって夫から聞いたの」

「そうなの、酷い話ね。……けれど、あの首飾りは素敵ね、どこで買ったのかしら？」

「ええ、確かに綺麗だわ。浮気相手に貰ったのかしら、それとも自分でご購入なさったのか。でも、ふしだらな女に話しかけるのは嫌だわ」

「そうよねえ」

渦中の人物であるノーヴル伯爵夫人は噂をする女性たちのすぐ近くにいたようで、話の途中で会場から去っていったようだった。

貴族が愛人を持つ、というのは珍しい話ではない。が、公然と認められているわけでもなく、あくまで愛人を囲うというのは秘密裏に行わなければいけないのだ。

それが知られたら、先ほどのノーヴル伯爵夫人のように下賤《げせん》な噂の的となってしまう。

レイシェイラは、これが愛のない結婚の行く末か、ともやもやとした気持ちを持て余しながら、踊りの輪の中にいるメルディアの帰りを待っていた。

レイシェイラは今季に入ってから五度目の見合いを王都の中心部にある、上流階級が集まる城館で行っていた。

◇◇◇

その見合いも、回数が重なるごとに憂鬱さが増すばかりである。

今回の相手は伯爵家の長男で、かなり乗り気だった。見合い中、居心地悪くなるくらいまで見つめられていたのだ。それがどうにも気持ち悪くて、返事を渋っていた。

伯母である公爵夫人の紹介だったので断れないまま、見合いは終了した。

場所を移動し、伯母とともに一息つく。そこは二階にある会員制の喫茶店だ。

上の階は宿泊施設となっており、一年先も予約で埋まっているという人気の宿らしい。

伯母はいつでも泊まれる部屋を持っているようで、一晩泊まらないかと誘われた。

けれども、今日の見合いについて詳しく聞かれるかもしれないと思って断った。

茶を一杯飲み、近況について軽く話す。そろそろ帰ろうかと伯母に切りだそうとした瞬間、一組の男女が入店してくる。

その者たちが席に案内されてからでようと決めていたが、どうやら上の階にある宿泊施設の客らしい。彼らは店にある螺旋《らせん》階段のほうへと誘《いざな》われていった。

ここはもともと貴族の邸宅だった古い造りの建物なので、喫茶店を通らないと上の階に行けないのだろう。

時刻は深夜になろうとしている。伯母とのお喋りが長引いて、このような時間帯となってしまったのだ。

こんな夜更けに個室で男女がする行為など決まっている。しかも自分の家でなく、このような場所を選ぶのは不貞を働く以外にありえないというのが常識だ。

いったいどんな人間がきているのやら、と呆れながら通り過ぎる男女を扇で口元を隠しつつ横目で観察すると、見知った顔に息を呑んでしまった。

「——ッ⁉」

その後、湧き上がった感情を抑えきれなくなって、扇を卓の上に叩きつけると、立ち上がってその者たちへ接近した。

「おや？」

「あ、あなた、誰？」

男のほうは少し目を見張り、女のほうは訝しげな表情を浮かべる。

近づいてきたレイシェイラに、男女は異なる反応を示した。

レイシェイラは怒りでワナワナと震えつつ、男のほうを睨みつけながら、周囲を気にすることなく罵声を浴びせた。

「よくも、メルディア様を裏切りましたわね‼　この、浮気男ッ‼」

レイシェイラが偶然見つけたのは、数ヶ月前にベルンハルト邸で出会ったユージィン——もとい、ジルヴィオだった。もちろんレイシェイラ本人は人違いに気づいていないし、ジルヴィオも面白そうな顔をしてレイシェイラを見下ろすばかりだ。

にこにこと余裕ぶった表情をしている男に、レイシェイラの怒りは最大値にまで膨れ上がった。すでに冷静さを失っていたレイシェイラは、一気に距離を詰める。

「あなた、罪悪感はありませんの⁉　こ、このような、場所に、時間帯に、こんな、女を連れ込んで、ふしだらですわ‼」

その言葉に反応したのは男ではなく、女のほうだった。

「ねえ、あなた、なんなの⁉　今日、彼は私と約束をしているのよ‼」

男の間に入ってきた女の顔をレイシェイラは知っていた。

攻撃する手段を発見したレイシェイラは、すぐさま行動に移す。

手にしていた扇を広げ、彼女の耳元である情報を囁いた。

「ノーヴル伯爵夫人、夜遊びは楽しい？」

レイシェイラに詰め寄ろうとしていた女の動きがピタリと止まる。

「このような場所に夫以外の男性を伴っていれば、また、夜会を盛り上げてしまいましてよ？」

「なっ⁉」

居心地悪そうな顔で、女――ノーブル伯爵夫人は後ずさる。偶然にも、目の前に現れたのは、夜会で若い愛人ができたと噂されていた人物だったのだ。

そして、レイシェイラとの睨み合いに負けたノーブル伯爵夫人は、用事を思いだしたからと言って踵を返してしまった。

去りゆくノーブル伯爵夫人に手を振っていると、背後から手を取られてしまう。

「あなた、何をしているの⁉」

レイシェイラを問い詰めているのは、ずっと傍観を決め込んでいた伯母だった。

「このお方はどなたなの？」

「それは――」

ユージィン・ライエンバルド。

メルディアの恋する男性であり、深夜に人妻を連れ込んで不貞行為をしようとする最低最悪な人物、などと紹介できるわけがない。

言ってしまうのは簡単だが、詳しく説明をすればメルディアを貶《おとし》める行為にも繋がるからだ。

「こちらはベルンハルト商会の関係者ですわ」

「まあ、そうなの？」

嘘は言っていない。詳しい職業は知らないが、ベルンハルト邸に出入りしている商人だろうとレイシェイラは想定していた。

「伯母様、わたくし、このお方と二人きりでお話しすることがありますの」

「絶対に許しません」

「すぐに済みますから、少しだけ下の階で待っていていただけますか？」

「未婚の女性が男性と二人きりになるなんて、してはいけない行為だと習わなかったのかしら？」

「本当に、少しだけですわ。それにここなら店員の目もありますもの」

公爵夫人は微笑みを絶やさない青年を睨みつける。そうすればその男は懐から名刺を取りだして夫人に手渡した。

「私は、残念ながら怪しい者ではありません」

「まあ、あなたは‼」

それから少し離れた場所で公爵夫人と男は会話をして、二人きりでの会話が許可される。

こうして因縁の相手と二度目の対面を果たしたレイシェイラは、怒りのすべてをユージインだと思い込んでいる男に放とうとしたが、相手にその言葉を遮られてしまう。

「最初に、言っておきますが、今回は商売を行いにここにきただけです」

「はあ⁉」

そう言いながら、床に置いていた長方形の鞄を卓の上に広げて見せる。その中には、首飾りや指輪などの宝飾品が納められていた。

「あ、あなた、宝石商か何かですの？」

「ええ。ご婦人向けの宝飾品を訪問販売しております」

だったら今日売った喧嘩は自分の勘違いだったのかと、額に汗が浮かぶ。だが、頭《かぶり》を振って我に返った。

（――いいえ、ただの商売ならば、宿で行わないはずですわ‼）

下の階にも個室のある店は存在する。ふしだらな行為をするからわざわざこの部屋を選んだのだと、そう確信してギッと鋭い目つきで男を睨みつけた。ただ、本当に勘違いだったら謝罪しなければならないので、一応念のために確認を取る。

「こんな場所でひそひそと商売を行うなんて怪しいですわ。それにあのご婦人も、わたくしの挑発に顔を青くしておりましたもの。何か、不都合な点があるに違いありませんこと⁉」

なるべく声が大きくならないように気をつけていたが、ついつい語尾が強く、とげとげしくなってしまった。

そんな決定的な言葉にも、男は動揺の素振りすら見せない。

「まあ、そう思われるのも、無理はありません。お客様が望めば、そういうことも……」

「さ、最低‼」

なんだか悔しくなってレイシェイラの眦に涙が浮かぶが、それが頬を伝えば負けだと思ったので、必死に瞬《まばた》きをしないようにして、強がりを見せる。

(メルディア様は、こんな、最低最悪の男に恋なんかして……‼)

「お嬢様、男とはそういう生き物ですよ」

「全員がそういうお方ばかりではありませんわ‼　ジルヴィオ様は、絶対にそういうことはなさいません‼」

「はい?」

何を言っているのだ、という顔で見つめられて、レイシェイラの頬はカッと赤くなる。

勢いあまってとんでもないことを言ってしまった。ついでに涙をハンカチで拭いつつ、扇をあおいで顔を冷やした。

「わたくしの話はいいとして！　そんな商売の仕方をして、ご両親が悲しみますわ」

「そうですね。一度、父にやめるように言われたことがあります」

「なんでやめませんの⁉」

「楽をして売れるから、ですね」

「あなた、ノーヴル伯爵夫人とのことが社交界で噂になっていますわ‼　商会の印象の悪化にも繋がりますのよ‼　今すぐおやめになって‼」

男は顎に手を当てて、何かを考える素振りを見せている。

「わたくし、メルディア様が悲しむ顔を見たくありませんの」

「それは、私も同じです」

「だったら――!」

「わかりました。このような商売方法はやめましょう」

ホッとしたのもつかの間のこと。彼はレイシェイラが想定していなかった言葉を続ける。

「ですが、ただでとは言いませんよね?」

「へ?」

男から人畜無害そうな笑みが消え、代わりに邪心を抱いているかのような微笑みを浮かべる。

「新たな商売については、レイシェイラ、あなたにも協力をしていただきましょうか」

「は、はい⁉」

思いもよらない展開に、レイシェイラの目は点となった。

◇◇◇

城館にある喫茶店での話し合いから数日。

レイシェイラはユージィンだと思い込んでいる男——ジルヴィオから指定されていた店の前で待機していた。

ここまでは馬車できたが、街中に供をつけずに一人でくるのは初めてだった。念のため知り合いに見かけられてもバレないよう、つばの広い帽子を被って顔を極力隠す。

ここは貴族の奥方が買い物にくる商店街だ。もしも一人で男を待っているところを目撃されたら変な噂が広まるかもしれない、と不安になる。

それからほどなくして待ち人は現れた。本日もさわやかな微笑を浮かべ、約束の時間よりも早い到着だったが待たせたことを詫《わ》び、さりげなくレイシェイラの服装や髪型などを褒める。

メルディアの話によればユージィンは平民だと言っていたが、女性に対する気遣いや佇まい、雰囲気などからは、育ちのよい上品な子息のように見える。

この違和感はなんなのか。今のレイシェイラには想像もつかなかった。

「それはそうと、レイシェイラはどちらのお嬢様なのでしょうか？」

レイシェイラはいまだに家名を名乗っていない。この件は自分の力だけで解決したかったという意地があるからだ。

「レイシェイラ？」

「わたくしはわたくしです！　それ以上でも以下でもありませんわ！」

「さようでしたか。それでは仕方がありませんね。中へ入ってください」

「はあ⁉」

レイシェイラが待っていたのは、貸し衣装屋の前だった。店に入るように言われたが、その意図がわからずに首を傾げる。

すると、すぐさま説明を始めてくれた。

「今から行くのはアウグスト伯爵家、ビスマルク子爵家、ヘルトリング子爵家の三軒です」

三軒ともレイシェイラの知り合いのいる家だった。

「わたくし、これから変装しますのね」

「ご名答」

使用人たちが時間をかけて選んでくれた服や化粧、髪型は一瞬で無駄となってしまった。そもそも、今日レイシェイラが呼びだされた理由は、ユージィンの商売の手伝いをするためだった。

宝飾類の着用モデルをお願いされ、訪問先で隣に座っているだけという、未経験者でもできる簡単なお仕事だと説明されたので、引き受けることにしたのだ。

一応、伯母にはこの件については相談してある。仕事内容を話しても特に反対はされなかったので、こうやって実行に移すことができたのだ。

もしも訪問先でレイシェイラの正体がバレてしまえば、侯爵家は金に困っているとか、未婚なのに男と一緒に行動をしているふしだらな娘だとか、家名を傷つけるような邪推をされてしまうかもしれない。そのため、言うとおりに変装していくほうがいいとレイシェイラは腹を括った。

店の中に入ると、大量の衣装がところ狭しと並べられていた。そのほとんどがドレスだった。

二十歳前後の従業員がやってきて、あれやこれやと説明してくれる。

「この辺は夜会用のドレスですね～。普段着用のドレスはあちらになります」

「え？　ドレスを借りて参加なさいますの？」

「ええ。夜会の多い季節なんかは店のドレスがほとんどなくなるくらいです」

「まあ！　なんてこと」

借りたドレスで夜会に参加するなんて、信じられない。世の中には知らないことがたくさんあるのだとレイシェイラは内心思う。

「シーズンの初めはおろしたてのドレスで参加するのが当たり前だと思っておりました」

「季節が変わるたびに新しいドレスを作るのは、ごく一部の大貴族か大金持ちのお姫様だけですよ」

ふと、今日のドレスも新品だったな、とスカートの裾を軽く摘まみながら考える。自分の中の常識が外では非常識だったことに衝撃を受けていたが、そんなレイシェイラを気にすることなくユージィンは店員に指示をだす。

「ドレスはそこにある白と青のものを。宝飾類はこれを。あと茶色の鬘を着けて結ってください」

「承知いたしました、旦那様。それでは奥様を少しの間お預かりいたします」

上の空のレイシェイラは店員から夫婦扱いされていることに気づかない。ユージィンに勘違いされているジルヴィオも面倒だったので訂正しなかった。

それから一時間後、レイシェイラの変装は完成する。

首周りから胸元まで大きく開いたドレスは、十六歳のレイシェイラには早いと言って母親が許してくれなかった意匠のものだった。

青い宝石が輝く金細工の首飾りがかけられると、その美しさが際立ったように見える。露出の高いドレスは、首にかけられた宝石を際立たせるようなものを選んだのだと納得できた。

化粧はいつもより濃い。鏡を覗き込むと、実年齢よりも上に見える。けばけばとした感じではあるが、変装という面で見れば成功ともいえる。今の姿を見て、レイシェイラ・スノームだとわかる人はいないだろう。

今回、販売見本用にと身に着けているのは、髪飾りに耳飾り、首飾りに指輪の四点。いずれも高価な品で一点物だ。これが売れたら違う品を着けてもらうという説明を聞きながら、値段を聞いて本当に売れるのかとレイシェイラは突っ込む。

「必ず売れるでしょう」

「ものすごい自信ですわね」

「今日は特別ですから」

高価な品だと客は商品を試着するのですら躊躇《ためら》うので、着用モデルがいるのといないのでは全然違うと宝石商の男は笑顔で語る。

「ああ、そうそう。名前はどうしますか？　レイシェイラと呼んでも？」

「それは駄目」

この国で〝レイ〟のつく名前はありふれているが、〝シェイラ〟という響きのものは珍しい。そのため、呼ばないでくれと願った。

「でしたら、ありふれた〝レイ〟という名で呼びましょう」

「は⁉」

「何かご不満でも？」

レイというのは幼い頃の愛称だった。現在はその名で呼ぶ者はいない。レイと呼ばれていた頃、両親の仲はよかった。今は――考えたくもない。

久しぶりに愛称で呼ばれ、幼き日の思い出が甦ってくる。

不思議そうな顔で覗き込む彼と目が合った瞬間、いきなり現実に引き戻されてしまった。

「レイシェイラ、他の名にしましょうか？」

「いいえ。まったく、全然、本当に、問題の一つもありませんわ！　レイで構いませんことよ」

「さようでしたか」

「ええ！」

こうして準備が整った二人は一軒目の伯爵家へ移動をすることとなった。


結果だけを言うと、宝飾品は完売した。もちろん、それはレイシェイラの力ではないことは本人にもよくわかっている。

現在、時刻は昼前。昼食の誘いを断ったのに、なぜか街中にある喫茶店に無理矢理連れ込まれる。礼をしたいからと言って、勝手に何かを注文されてしまった。

（最悪。ドレスを返して、この濃い化粧を落としたいのに）

いつもと異なる化粧とドレスは、レイシェイラの気持ちを落ち着かないものにしていた。摑みどころのない彼と一緒に過ごしているのも、その一端を担っているのだろう。

（それにしても、こんな人の多い喫茶店に入るなんて、いったいどういうつもりですの⁉）

ジロリ、と目の前に座る男を恨みがましく睨みつけるが、見惚《みと》れるほどの柔らかな微笑みを返されるだけだった。

(この男、鬼畜で変態の上に、大変な人誑《ひとたら》しですわ‼)

レイシェイラの中にある自意識過剰気味の警鐘がカンカンと騒がしくしている。

(――早く、家に帰って、落ち着かなければいけませんわ)

訪問先でのことが頭の中に浮かび、ブンブンと首を振って忘れようという努力をする。

個人的に胡散臭《うさんくさ》いと思っていた彼は、見事な商売の手腕を見せてくれた。豊富な商品知識と客に気持ちよく買い物をさせる販売口上。そして、絶やすことのない笑顔は貴族のご婦人方を魅了していたのだ。

(あのように普通に商売できるのに、なぜ、あのようなふしだらな手段を使っていたのでしょうか。いいえ、それよりも……)

商品を説明する際にレイシェイラの着けている宝飾品を指先で示したり、金の細工を摑んだりしていたのだが、絶対に肌には触れないようにしていた。

(あれは、わたくしに対する配慮?)

散々心の中で変態、鬼畜だと罵っていたが、半日一緒に行動をした感想は、一挙一動が洗練されている素晴らしい紳士、というものだった。けれどもレイシェイラは頭を振って気のせいだと否定し続ける。

「お待たせいたしました」

店員が卓の上に皿を置く音で、レイシェイラは思考の奥底から帰還する。

レイシェイラの目の前に置かれているのは、〝パルフェ〟という食べ物だと説明される。冷やした深型の透明グラスに二色の層になった氷菓が入っており、その上に果物などが載ったものだった。古くから庶民に愛される食べ物のようだが、お嬢様育ちのレイシェイラは初めて見た。

「早く食べないと溶けてしまいますよ」

これは子どもが食べるものでは？　と疑問に思ったが、周囲の若い女性たちも同じものを頼んで食べていたので、勇気をだしてレイシェイラも口にする。

（お、おいしい！）

パルフェは甘いものが大好物のレイシェイラにとって、夢のような食べ物だった。

◇◇◇

レイシェイラがジルヴィオと過ごしているのと同時刻。ベルンハルト邸では、久々に母メルセデスと子メルディアが揃って茶を飲んでいた。

「それでレイシェイラ様が――」

メルディアは一ヶ月分の報告をメルセデスに話していた。そんなメルディアの話をメルセデスは穏やかな表情で聞いている。

「母上は相変わらず忙しそうね」

「ええ。明後日の夜会に行けなくなってしまいました」

「アウグスト伯爵家の？」

「ええ。顧客である奥方の誕生日なので、挨拶でも、と思っていたのですが」

その話を聞いたメルディアは、これまでであれば絶対にしない提案をメルセデスに持ちかけた。

「は、母上」

「なんですか？」

「そ、その、明後日の夜会、に」

両手に拳を作り、メルディアは己を奮い立たせる。きっと大丈夫。そう言い聞かせつつ、勇気を振り絞って言葉にした。

「メルディア、夜会がどうかしましたか？」

「私が、代わりに、参加するわ」

娘のらしくない決意に、メルセデスはどういう返事をしたらいいかわからない、という表情を浮かべていた。

「だ、だめ？」

「いえ、そういうわけではないのですが」

メルセデスの心配する気持ちが、これでもかと伝わってくる。

自分は変わった。きっと大丈夫だ。そう訴えると、メルセデスはその背中を押してくれた。
◇◇◇

話はとんとん拍子に進み、メルディアが単独で参加する夜会当日を迎える。

侍女が身なりを整えつつ、話しかけてきた。

「メルセデス様のために作ったドレスですが、見事にぴったりですね」

「ええ、そうね」

本日はアウグスト伯爵邸での夜会だった。

用意されたものは飾り気のない、胸元が開いた上に袖のない若草色のドレスである。身に着けるペンダントを目立たせるために露出が高い。ベルンハルト商会の宝飾品の宣伝も兼ねているので、このような形のドレスを纏うのだ。

地味な一着だったものの、首につけた飾りのお陰で派手な装いとなる。

髪の毛はふんわりと巻いて頭の高い位置で一つに結び、生花から作った白い薔薇の髪飾りで留めた。

侍女が何度か鏡を持ってきて確認していたが、メルディアはそれどころではなかった。

脳内で人とのやりとりをぐるぐる考えているわけである。

(今日は、アウグスト伯爵夫人に挨拶をして、可能ならばハルファス公爵夫人に前回の夜会のお礼を言わなければいけないわ)

参加名簿の中にハルファス公爵夫人の名前も発見したので、前回招待された夜会での礼を言いに行かなければと覚悟を決めていた。

会場へ同行する付添人は普段から傍にいる侍女だ。何かあれば彼女に頼ればいいと、言い聞かせる。

馬車へと乗り込み、アウグスト伯爵邸へ移動した。


伯爵の屋敷は、大勢の招待客で溢れ返っていた。

なんとか人をかき分けて受付を済ませたあと、夜会会場となる広間へと進む。

まずは、主催であるアウグスト伯爵夫人に挨拶しなければならない。

苦労して辿り着いた広間も人だらけ。付添人と逸《はぐ》れないように気をつけながら、周囲を注意しつつ目的の人物を探す。

知り合いはいない。不安な気持ちに押しつぶされそうになっていたら、ほどよいタイミングで侍女が話しかけてくれる。

「メルディアお嬢様、すごい人ですね。ちょっと招待しすぎなんじゃないですか？」

「え、ええ。あまり、個人主催の夜会に参加したことがないからわからないけど、こんなに人だらけなのは初めて。びっくりしたわ」

体の線に沿った形のドレスなので、移動には苦労をしない。行く手を阻むのは、団子状の集まりを作っている人々だ。

扇で顔を隠しつつ移動をしているので、ベルンハルト家の悪女と噂されるメルディアの参加に誰も気づかない。

ホッと胸を撫で下ろしつつ、アウグスト伯爵夫人がいないか会場を見渡す。

「メルディアお嬢様、あそこじゃないですか？　すっごい人が集まっている」

「中心に赤いドレスを着ている女の人がいるわ」

「だったら、間違いないですね」

この国では、誕生日に命を象徴する赤い服を身に着けるとその先一年は幸せになれるという言い伝えがあった。

アウグスト伯爵夫人で間違いないと確信を抱きながら近づこうとしたら、背後から呼び止められる。

つめていた。

「まあ、メルディアさんではありませんか？」

心当たりのある高い声を振り返ると、想像どおりの人物が驚きの表情でメルディアを見つめていた。

「ハルファス公爵夫人、あ、あの、お久しぶりです」

「ええ」

「先日の夜会では、お、お世話になりました」

「いいのよ。私も楽しんだから」

声をかけてきたのは、ハルファス公爵夫人だった。今回の参加者名簿にメルディアの名前がなかったのでびっくりしたと言う。

「母が急用でこられなくなって、その代理でまいりました」

「あらあら、素晴らしい心がけね。うちの娘にも聞かせたいわ」

公爵夫人には婿を取って家に残っている二十八の娘がいるという。その娘は産後に太ったからと夜会にでたがらなくて困っていると冗談めかしながら話す。

「ああ、そうそう」

ハルファス公爵夫人はぐっとメルディアに近づき、扇で口元を隠しながら耳元で囁いた。

「新しく隣国風の騎士服を作ったの。今度試着しにきてくれるかしら？」

「それは、はい。もちろん、喜んで」

「本当に？　嫌がるんじゃないかと心配していたの」

「いえ、光栄です」

「うふふ。よかったわ」

それからなぜか上機嫌のハルファス公爵夫人に腕を組まれ、会場を優雅に横切る。

流石と言うべきか。ハルファス公爵夫人が近づくと、アウグスト伯爵夫人を囲んでいた人垣はなくなり、すぐに近づくことができた。

これまでは、夜会に行ったらすぐに悪口が聞こえた。

けれども公爵家の人間と一緒にいるメルディアを悪く言う者は一人もいない。メルディアはハルファス公爵夫人の加護力に感謝した。

ハルファス公爵夫人は挨拶を済ませると、他に用があると言って伯爵家の輪の中から消えてしまった。去り際に、メルディアには「あとで招待状を送るわね」と言って笑顔でいなくなる。

メルディアのあとにもたくさんの人たちが祝福を伝えるために待機している。急いで挨拶を済ませなければと、メルディアはアウグスト伯爵夫人にぎこちない微笑みを向けた。

勇気をかき集め、アウグスト伯爵夫人に声をかける。

「母に代わって参上いたしました。本日はお招きにあずかり光栄です」

「ええ、お会いできて嬉しいですわ。母君様があのようにお美しいお方でしたので、その娘さんもさぞかし、と思っていましたが、想像以上の美しさで驚きました」

「いえ、その、ありがとう、ございます」

手放しに褒められ、穴があったら入りたい気分になるが、激しく謙遜したい感情をぐっと押し留める。こういうとき、謙遜するほうが失礼なのだと、レイシェイラが教えてくれたのだ。

それからなぜか会話は弾み、伯爵夫人は胸の前で煌めく首飾りをベルンハルト商会で買ったものだと言って見せた。

「とってもいい買い物でしたわ。皆様に素敵だと褒められますの」

「それは、光栄です」

「あなたのお兄様もご趣味がよいですわね」

「帰ったら、伝えておきます」

「一緒にいた女性も可愛らしかったわ」

「女性？」

「婚約者の方ではありませんの？　親しげに〝レイ〟と呼んでいらっしゃいましたが」

「レイ？」

兄と女性。今まで家に連れてきたことはなかったし、女性とともにいるジルヴィオが想像できない。レイという女性は何者だろうかと、気になってしまう。

兄が結婚したら義理の姉ができる。優しい人だといいな、とささやかな願望を抱いていた。

「あら、ミゲルだわ。ミゲル‼　ちょっといらっしゃい‼」

伯爵夫人は息子を発見したので呼び寄せた。メルディア個人としては「それではごきげんよう！」と家に帰りたい気持ちでいっぱいであったが、夫人は息子に手を振ることに忙しい。

背後からの「早く済ませろよ」という視線も背中にジクジクと突き刺さっていた。

逃げだしてしまいそうになる前に、伯爵夫人の息子が辿り着く。

「ベルンハルトさん、二番目の息子のミゲルですわ。ミゲルは騎士隊の事務官をしておりますのよ」

「さ、さようでしたか」

ミゲルと呼ばれた伯爵家の次男は二十代半ばくらいの年齢で、優しげな容姿をしており、人がよさそうな青年である。

目と目が合った瞬間にメルディアは、兄のジルヴィオと少し雰囲気が似ているな、という感想を抱いた。

「ミゲル、ほら、何を見惚れているのですか！」

「うわ！」

母親に背中を叩かれたミゲルは、そのときになって我に返ったような驚きの声を上げていた。

「せっかくだから、踊ってもらいなさいな」

踊り、と聞いて微《かす》かにメルディアはビクッと反応してしまった。一応、もしものことがあるといけないので、練習はしてきた。だが、まさか本当に踊ることになるとは、と心の中で落胆する。

アウグスト伯爵夫人の後押しもあって、ミゲル青年はメルディアを誘った。

もちろん断るわけにはいかず、差しだされた手を取る。

（――彼は兄上、彼は兄上‼）

目をぎゅっと閉じて目の前の青年は兄だと思い込むように暗示をかけつつ、フロアの中を歩いていく。

ゆったりとした曲調に合わせて、決まった足取りで舞い踊る。前にレイシェイラと踊ったときのように楽しむ余裕など欠片もなく、間違わないようにと頭の中で必死に三拍子を取りながらくるくると回っていた。

やっとのことで曲も終わり、膝を曲げてお辞儀する。ここでお別れだと思っていたのに、ミゲル青年はこのあとの予定を聞いてきたのだ。

何もないと答えると、酒の入ったグラスを手渡してきた。見知らぬ人間との対話で緊張していたメルディアであったが、ミゲルとジルヴィオが似ているので、比較的人見知りをせずに済んでいる。それにミゲルは騎士隊の事務官、メルディアは母親が騎士学校の講師という共通の話題もあったので会話も途切れなかった。

メルディアは、緊張感を誤魔化すために酒が進んでいた。そんな初対面の女性を、ミゲルは心配する。

「あの、大丈夫ですか？」

「え？」

「その、顔が真っ赤なので」

「すみません、あまり、強く、なくって」

「あ、の」

ミゲルは顔を真っ赤にし、もごもごと話している。

何やら様子がおかしい。何かを求めているような目で、メルディアを見つめているのだ。

危険を察知したメルディアは、撤退を決めた。

「もう、帰ります。家族が、心配しているので」

「あ、でしたら、家まで送ります」

結構です、と言おうとしたが、視界がぐらつく。少し、酒を飲みすぎてしまったようだ。

ミゲルがメルディアの肩をぐっと支え、連れだそうとする。

手が肩に触れた瞬間、全身にぞわりと悪寒が走った。

「い、嫌！」

「え？」

ミゲルを押し返し、距離を取る。

目と目が合い、気まずい時間が流れていった。

（また、間違ってしまったわ）

酔いでふわふわとした頭の中が一気に冷静さを取り戻し、ミゲルは足取りの怪しいメルディアを支えてくれたのだと気づく。

いつもだったらここで謝罪の言葉を早口で言い、相手の返事を聞かないうちに走り去って逃げるという行動にでていた。

けれどもメルディアの脳裏にはレイシェイラのとある発言が浮かぶ。

『謝ればなんでも許してもらえるという甘い考えは捨てるべきですわ‼』

レイシェイラの力強い言葉が、その場に踏み止まらせる気力を与える。

もちろん、謝罪は大事だ。その前にどうしてこのような行動にでたか説明も必要な場合もある。理由もない状態で闇雲に謝っても、相手は釈然としないだろう。何か問題が起きて、自分に原因があった場合、誠意をもって接しなければ不興を買い、印象の悪化にも繋がるから。今までの悪い噂の原因は、今のような誤解が重なっているのでは、とメルディアは悟った。

呆然としているミゲルに、メルディアは勇気を振り絞って謝罪する。

「あ、あの、ごめんなさい。私、は、その、他人に触れられることに、慣れていなくて」

「え？　あなたほどの美しいお方に、誰も触れていないと？」

美しいという言葉はひとまず聞かなかったことにして、そのあとの発言は肯定する。

「恥ずかしいお話なのですが、今までの人生の中で家族やユー……、じゃなくて、侍女以外と密接な関係になったことが、なくて、びっくりしてしまったのです」

「ああ、そういうわけでしたか」

わかってもらえて、ひとまず安堵する。メルディアは言葉を続けた。

「昔から、人見知りというか、人間不信というか、なんと言っていいのか、わかりませんが、他人が怖いという情けない性分が、ありまして……先ほどの行為の他にも、し、失礼をしたのではと思っているのですが」

「いいえ、そんなことはありません。とても楽しい時間を過ごしました」

「よかった」

メルディアはホッとしたからか強ばっていた顔は解れ、変な方向に力の入っていた頬も緩む。

「本日は、ありがとうございました。あとは一人で帰れま――」

「お嬢様――‼」

締めの挨拶をしているところに、侍女が割って入ってきた。具合が悪そうにするメルディアを確認し、ジロリとミゲルを睨みつける。

「あら、お嬢様、お酒をたくさん飲まれたのですね」

「ご、ごめんなさい。いろいろと、緊張していて」

「まあ、それで！」

ほのかに酒の匂いがするメルディアの体を支えながら、侍女は呆れた声を上げている。

ゆっくり歩こうと足先を踏みだしたが、メルディアは胸を押さえて苦悶の声を上げてしまう。

「メルディアお嬢様、どうかなさいましたか⁉」

「む、胸が、苦しくって」

「コルセットで圧迫されているのかもしれません」

「ああ、それ、で」

「コルセットを緩めてから帰りましょう」

「ええ、お願い」

去ろうとしていたら、ミゲルが声をかけてきた。

「あ、あの」

「何か⁉」

「外は先ほどから初雪が降って、薄《うつす》らと積もっています。よろしかったら家まで同行いたしましょうか？　万が一の際に助けることもできるかと」

「ああ、それもそうですね」

侍女はメルディアの頭二つ分くらい身長が低かった。そのため、雪の積もった地面を歩くのは困難を極める。ミゲルの申し出をありがたく受け入れた。

◇◇◇

ベルンハルト邸では、使用人たちがメルディアの帰宅を今か、今かと待っている。

ユージィンもその中の一人だった。

なんと今宵はメルセデスの代わりに夜会に参加したという。以前の彼女と比べたら、大いなる変化を遂げていた。

「まだ、メルディアお嬢様は帰ってきていないのですね」

窓の外を覗き込むユージィンに、彼の祖父でもある執事のエドガルが声をかける。

「雪が降り始めたので、メルディアお嬢様が心配です」

「ええ」

ユージィンは食い入るように外灯に照らされた門を眺める。普段の夜会ならばとっくの昔に帰宅を済ませていてもおかしくない時間帯だ。事件にでも巻き込まれたのではと、気が気ではなかったのだ。

「もしかしたら、お嬢様は夜会で頑張られているのかもしれないですね」

エドガルが言った。

メルディアが会場で上手く立ち回っている可能性は考えもしなかった。ユージィンは頭に強い衝撃をガツンと受けたような感覚に陥る。

普通の貴婦人のように主催者に挨拶を済ませ、誘われたら舞踏も優雅にこなす。見知らぬ相手とも当たり障りのない話で盛り上がる——なんてことをこなしていたら、まだ戻ってこないはずだ。

「いいや、ありえない」

「え？ ユージィン、今、なんと言いましたか？」

エドガルに聞き返され、ユージィンはハッと我に返る。

「いえ、なんでもありません」

いつものメルディアだったら、会場に着いた途端に何をしていいのかわからずに涙目になり、見知らぬ紳士から踊りに誘われても断ってしまう。そして、最後には状況に耐え切れなくなって泣きながら帰宅をする、というのがお決まりになっていた。

それを改善しろと言ったのはユージィンだ。

完璧なお嬢様になれば、心の中のグラグラと沸き立つような熱くほの暗い感情とも別れられるのだと、そう思っていたのだ。

最近のメルディアは貴族の友達ができた。茶会などに積極的に参加して、友達の影響なのか、少しだけ明るくもなった。もう、一ヶ月近くユージィンはメルディアと直接的に接していない。お嬢様と使用人ではそれが普通なのだ。

メルディアとの決別は三年前に自分自身で決めたことであったが、距離が離れるたびに心が悲鳴を上げているようであった。

どこかで、メルディアが貴婦人になるなど無理な話で、最終的には泣きついてくるのでは、と考えているところもあった。

立派な貴婦人になって幸せな結婚をしてほしいと思うユージィンと、いつまでも子どものままで自分にだけ甘えてほしいと思うユージィン。

どちらが本当の自分なのか、本人にもわからない。

二律背反を抱えた心は、混乱とともに理想が混ざり合って、心に大きな陰を落とす。

「どうかしましたか？」

「いいえ、なんでもないです」

祖父に心配をかけまいと、平気な振りをして、ユージィンはメルディアの帰りを待った。

それから数分後にメルディアは帰宅する。玄関で待ち構えていたユージィンは、扉が叩かれたので取っ手をゆっくりと引いて外の者を招き入れた。

「あ、どうも」

外から入ってきたのは見知らぬ二十代半ばほどの青年で、なぜかメルディアを横抱きにしていた。

門の警備を通ってきているはずなので、不審な人物でないことは確かだ。だが、どうしてメルディアの意識がないのか、とユージィンは訝しげに青年を睨みつける。

問い質《ただ》しそうになった瞬間、夜会に同行していた侍女が彼について教えてくれた。

「ああ、ライエンバルドさん、こちらの方はアウグスト伯爵家のミゲル様です。地面が凍っていたので、運んでもらいました。怪しい人じゃあないですよ。お嬢様はお酒を飲みすぎて眠っているだけです」

「そう、でしたか」

よくよく見れば、メルディアの寝顔は穏やかではなく、ミゲル・アウグストの胸を手で押している体勢でいたので安心してしまう。

そんな些細《ささい》なことに気づいて、苛《いら》ついていた原因を悟ったのだ。ユージィンは、わざわざ家まで送りにきてくれた伯爵家の人間に嫉妬をしていたのだと。

「お嬢様をこちらに」

返事を聞く前に、ユージィンはメルディアをミゲルの腕の中から引き寄せた。

「アウグスト様、ありがとうございました」

「いえ。無事に送り届けることができてよかったです」

「外は寒かったでしょう。お茶でも飲んでいかれてください」

「いえ、まだ夜会は続いておりますので、今日のところはお暇《いとま》させていただきます」

「さようでしたか。引き止めてしまって、失礼を」

「とんでもない。お心遣いに感謝します」

少し話しただけで、ミゲルが好青年であることが判明してしまった。その事実が、ユージィンのイライラを増長させていく。

「また後日、機会があれば」

「そのようにお伝えしておきます」

メルディアに視線を移すと、先ほどのミゲルが抱き上げていたときと違い、安らかな表情で眠っていた。ユージィンにぴったり密着して、安心しきったような姿を見せている。

「えーっと、帰ります」

ユージィンはしずしずと帰っていく伯爵家の若君を、会釈だけで送りだした。

扉が閉まると、すぐに背後に佇んでいた侍女からの指示が飛んでくる。

「ラインバルドさん、メルディアお嬢様をそのまま寝台に連れていってもらえますか？私は化粧落としや寝間着などを用意しますので」

「わかりました」

眠っているメルディアを起こさないようにゆっくりと運び、薄暗い寝室に連れていく。

ゆっくり下ろしたつもりであったが、メルディアは目を覚ましてしまった。

「んん――」

メルディアの横たわった姿は目に毒である。酔っているからだろうか。胸のあたりまで紅潮しているのだ。

「ユージィン、なの？」

「はい。すぐに、侍女が寝間着などを持ってきますので」

彼女を直接見ないようにしながら、ユージィンは話す。

用件は伝えたので部屋をあとにしようとしたのに、メルディアにシャツの袖を掴まれてしまった。

「ユージィン、待って」

「もう、勤務終了の時間です」

「少し、だけ」

ユージィンはメルディアに背を向けた状態で、影を床に縫いつけられたかのように動けなくなっていた。

「ユージィン、私ね、今日、とっても頑張ったのよ。きちんと伯爵夫人に挨拶できたし、知らない人とも喋れたわ。それに、ダンスに誘われたけれど、逃げずに踊ることができたの」

これまでのメルディアを思えば、それは快挙と言える。けれども、ユージィンは手放しに喜べなかった。

「ねえ、ユージィン、まだ、私は完璧じゃないの？　もっと、頑張らなきゃ駄目？」

何も反応しなかったからか、メルディアは少し涙目になっていた。

「でも、今日のことは、褒めてほしいわ。昔みたいに、頭を撫でてくれたあとに、額に口づけを、して」

「それはなりません」

「どうして？」

「できません」

「そんな、酷い」

彼女から離れられない。けれども離れないといけない。

これ以上一緒にいるのは危険だった。

「ユージ――」

メルディアが名前を言い終える前に、ユージィンは掴まれていた手を振り払って寝室をあとにした。

これでいいのだと自分に言い聞かせながら。


残されたメルディアは、まさかのユージィンの行動に大粒の涙を零していた。

(どうして、どうしてなの、ユージィン。完璧な令嬢に近づいても、褒めることすらしてくれないの⁉)

酔いのせいで、メルディアの理性はあっさりと崩壊する。

(好きに、なってもらえるかもって、思ったから頑張った、のに)

剝きだしとなった感情は、ひたすらに愛されたいと願う。

彼女もまた、心の中に二律背反を抱え込んでいた。

◇◇◇

メルディアの弱々しい手を無理矢理振り払ってまで部屋をでてきたユージィンは、複雑な心境を苦渋の表情で抑え込んだ。

あの、泣き虫で人見知りなメルディアが、夜会で人並みの務めを果たしたというのは、本当にすごいことだと喜びが胸に込み上げる。

素晴らしい結果を残したと、手放しに絶賛したかった。よく頑張ったと、ともに喜びを分かち合いたかった。

ところが、メルディアは使用人という立場からの褒め言葉をユージィンに要求せずに、幼馴染みのユージィンとして褒めてほしいと言ってきたのだ。

その昔、食べ物の好き嫌いが多かったり、学士院へ行くジルヴィオを寂しいからと離さなかったり、仕事に行く両親を泣いて引き止めたりと、周囲を困らせることがあったメルディア。

そのたびに幼いユージィンは年上のメルディアを一生懸命説き伏せて、なんとか克服できたら、優しく頭を撫で額に口づけを落としてきたのだ。

これはユージィンの母親がしていた行為を真似たものだった。

今となっては、口づけどころか接近さえ許されない立場にいる。

メルディアを送ってくれた青年、ミゲル・アウグスト。伯爵家の人間で人のよい好青年だ。容姿も整っており、困った行動をするメルディアを許す器もある。

そんな男ならばメルディアも心を開き、いずれは惹《ひ》かれ合って結婚するのだろうか？

考えただけで、胃がシクシク痛み、気分が悪くなる。

今日はさまざまな事情が重なったため、いつものように上手く受け流すことができなかったのだ。深く反省すべきだろう。

途中で食堂に寄ると、軽食を用意し、茶器とともに手押し車へと運ぶ。

メルディアが帰宅する数分前にジルヴィオが買いつけから帰ってきていたが、夕食を食べないで執務室へ行ってしまったのだ。

部屋の戸を叩いてから中へと入ると、ジルヴィオが少し疲れた顔で書類の山を崩していた。執務机の前にある低い机の上に食事を並べ、茶を淹れる。

「先ほど、メルディアお嬢様がご帰宅されました」

「おや、今日は遅い帰りだったのですね。うちのお姫様は、また泣いて帰ってきたのですか?」

「いいえ、お務めを立派に果たしたそうです」

「へえ、それはすごい」

ユージィンは給仕をしつつ、報告を続けた。

「それと、帰りはアウグスト家のミゲル様が送ってくださいました」

「ミゲル・アウグスト、ですか?」

「お知り合いで?」

「いいえ。少し前に顧客であるアウグスト夫人からメルディアとのお見合いの申し出があって、その相手がミゲル・アウグストだったので、偶然だな、と」

ちなみにその見合い話は父親であるアルフォンソが即座にお断りを入れたので、白紙となっていたのだ。

なぜ、という疑問が顔にでていたからか、ジルヴィオは見合いを断った理由について語り始める。

「父は、結婚は本当に好きな人とするように、と言っています」

「さよう、でしたか」

「それには理由がありましてね」

ジルヴィオは思いだし笑いを噛み殺しながら、話し続ける。

「ユージィン、ちょっと笑えるお話なのですが、ああ、もう勤務時間外ですね。時間は大丈夫ですか」

「はい、まだ」

「では残業代をつけておきましょう。——それで、話は戻りますが、うちの父はその昔、婚活おじさんと、周囲から陰口を叩かれていたそうです」

「婚、活？」

「結婚相手を探す活動の略ですね」

「それは、存じませんでした。勉強不足でして」

「いえいえ、覚える必要のない言葉ですよ」

婚活おじさん、アルフォンソ。

その昔、メルセデスと結婚する前のアルフォンソは、数年にわたって必死になりながら器量のよい娘を探していた。

当時、三十七歳だったアルフォンソが若い娘を食事に誘ったり、買い物に連れていって何かを買い与えている様子を見た人々は、「あのふしだら親父《おやじ》は若い娘ばかりを狙ってからに」と大きな反感を買っていたのだ。

そんな噂をいっさい気にしなかった理由は、探していたのは自分の結婚相手ではなかったからだ。

「父は当時、結婚適齢期だった弟――私の叔父の結婚相手を探していたのです」

ところが、そんな噂話を聞きつけたブランシュ子爵家から、一件の見合い話がアルフォンソに舞い込む。

それは、アルフォンソの現在の妻、メルセデスの実家からの申し出だった。

当時二十五歳の若いメルセデスを娶《めと》る、ということに中年のアルフォンソは難色を示していた。もちろん、自分の結婚相手を探しているわけではなかったし、初婚の娘は荷が重いと考えていたのだ。しかしながら、古くからの付き合いのある子爵の懇願を断ることができずに、しぶしぶ、いやいや若い妻を迎えた。

「初めこそ愛のない結婚で、衝突ばかりしていたのですが、次第に惹かれ合った両親は、互いに愛するようになったとか。しかし、そんな中で父は斜め上の行動にでました」

アルフォンソは妻、メルセデスこそが長年探していた理想の女性だと気づき、生まれながらの屑《くず》野郎の自分にはもったいない、離婚して弟と結婚してもらおうと考えたのだ。

「まあ、当然その話を聞いた母と叔父は激怒したらしく、父は一生誰の結婚にも口出しをするなと、叱られてしまったそうです」

「それは、なんと言っていいのか……」

「私も酔っ払った叔父から両親の恋話の詳細を聞いて、どういう反応をしていいのかわからなくなりましたが、こうして話してみると、とても愉快だな、と思いましてね。以降、父は、結婚相手は自力で探せ、という考えに変わったのだとか」

そんな事情に加えて、愛情以外の関係で結ばれた縁談など不幸にしかならないと、三度も離婚経験のあるアルフォンソは子に教え込んでいるという。

「そんな感じで、メルディアがアウグスト家の次男を気に入れば、誰も反対しないので婿入りは簡単に決まるでしょうね」

「次男？」

「ええ。ミゲル・アウグストは伯爵家の次男ですよ。それに事務官をしているとのことで、ベルンハルト商会では即戦力でしょうね。うちは父が気に入った人間しか入れないので、常に人手不足ですから。さっさと決めてくれると助かります」

「それは、そう、です、ね」

俯きながら返事をするユージィンを、ジルヴィオは意地悪な笑みを浮かべながら見つめていた。

「……少し揺さぶりが強かったかな」

「え？」

「いや、なんでもないよ」

ジルヴィオの言葉のすべては、ユージィンを揺さぶるためのものである。生真面目で堅物なユージィンは、無表情のままで話を流そうとしていた。

ジルヴィオがアウグスト伯爵家のミゲルを当て馬に使おうとしていることなんて、気づいていないのだ。

「明日でもいいので妹に、ミゲル・アウグストを家に招待する手紙を書くように伝えておいてください」

スーッと、胃のあたりに冷たいものが流れるような、奇妙な感覚を味わう。

メルディアが男を家に招く？

酒が入っていない状況で、真摯に向き合った二人が、惹かれないわけがない。

ユージィンは頭がグラグラと沸騰しそうになっていた。

「ユージィン、聞こえていましたか？」

「はい。承知、しました」

「下がってもいいですよ。お疲れ様でした」

ユージィンは無言で深々と頭を下げ、執務室をあとにする。

ほの暗く、後ろめたくなるような感情を抱えながら。

ふらふらとさまようように辿り着いた先は食堂だった。

流し台にあった食器を手に取り、無心で洗い始める。

水が流れるのと同時に、この厄介な恋心もなくなったらいいのに。そんなことを考えつつ、泡を水で流していく。

いくら皿を洗っても、モヤモヤとした気持ちは晴れない。

その後も、屋敷の施錠をして回ったり、文房具を補充したりと、勤務時間が終わっているのも忘れて作業に打ち込んでいたら、自宅近くまで走っている辻《つじ》馬車の最終時間が過ぎてしまった。

エドガルから屋敷に泊まっていくようにと言われたものの、明日は学校だ。一度帰って授業の復習をしたい。そう言って、祖父の勧めを断る。

ベルンハルト邸から自宅までは歩いて一時間ほど。頭を冷やすのにちょうどいいと思い、ユージィンは雪が軽く積もった道を、小さな角灯片手にサクサクと進んでいく。

頭の中でぐるぐると回っているのは、現実味を帯びだしたメルディアの結婚。

ベルンハルト家にて使用人として働いたこの三年間、メルディアに何度も冷たく接してきたのに、いつまで経っても胸が痛んでいたし、慣れることなど一度もなかった。

辛い。身を裂かれるかのようだ。

メルディアの結婚を祝福できない自分は、なんという矮小《わいしょう》な存在であるのかと、何度も自らに苛立ってしまう。

自宅へ到着しても、玄関から動けないでいた。

冷たい風と雪の中が自分にはお似合いだと思ってしまったのだ。

呆然とした状態で、どれだけ家の前で立ち尽くしていたのかわからなくなっていた。手の感覚がなくなった瞬間、背後から声を突然かけられる。

「まあ、ユージィン。何をしているのですか⁉」

同じく帰宅してきたのは、裁縫店に勤めているユージィンの祖母ランフォンだった。

玄関前で怪しい様子を見せていた孫の顔を角灯で照らせば、憔悴《しょうすい》しきったような、情けない顔。

「ユージィン、メルディア・ベルンハルトと何かあったのですね？」

ユージィンは言葉を探したが、何も返せなかった。

きっと家族には、ユージィンが唯一我を忘れる存在がベルンハルト家のメルディアだというのは周知の事実なのだろう。

恥ずべきことだが、こういう日は家族の理解に感謝してしまう。

「こんな遅くに帰宅して、仕方のない子ですね」

「申し訳、ありま――」

「もう、いいのです」

「え?」

「あなたは、十分に頑張りました」

「お祖母《ばあ》さん、私が何を頑張ったというのですか?」

「何って、メルディア・ベルンハルトのことですよ」

メルディアのことだと言われてなお、ユージィンには何を頑張ったのか理解できずにいた。

そんなものわかりの悪い孫を見つめ、ランフォンはため息をつく。

「この三年間、日々、美しく成長する愛する女性を眺めるだけだったのは、辛かったでしょう。あなたは立派に働きました。もう、好きなようになさい。若い頃は、感情の赴くままに生きるのも、いいでしょう」

「しかし、それでは――!」

ランフォンは好きなようにしろと言ったが、メルディアの父親の不興を買ったら、ライエンバルド家の生活は一気に破綻してしまうのだ。

　そんな一時期の感情だけで突っ走り、今までの安定した生活を失ってしまうという勝手な行動などできるわけがないと、ユージィンは首を振る。

「うちのことは心配ご無用。息子と娘と私は、一度、素晴らしい生活を味わい、その後、一瞬にしてすべてのものを失うという経験をしております。それがもう一度訪れても、二度目なので平気でしょう。きっと、苦難を乗り越えられるという、自信があります」

「お祖母さん……」

　しばらくの沈黙のあとに、ランフォンは夜空にポツンと一つだけ浮かぶ星を指差した。

「あの星を、知っていますか？」

「宵の明星、です」

「そうです。別名は〝幸せの星〟」

　続けて、異国出身であるランフォンの故郷では〝導きの星〟と呼ばれ、迷った旅人に正しい道を示す存在だと説明した。

「その昔、あなたのお母さんが、私にあの星を贈ってくれました。こうして、両手で作った枠を宝石箱に見立てて」

　左右の人差し指と親指をくっつけて四角い枠を作ると、その手を上げて空に浮かぶ唯一の星を閉じ込める。

「そのとき、私は不幸の絶頂だと思い込んでいました。ですが、それは違うと言って、この〝幸せに導いてくれる星〟を託してくれたのです」

この星を持っていたら幸せになれる、私は幸せになれた、そう言ってからユージィンの母レイファは義母に両親から貰った唯一の宝物を贈ったのだ。

「そう。ことの始まりはあなたの祖父、エドガル・ライエンバルドの思いつきから始まったのですよ」

「お祖父《じい》さん、が？」

「ええ」

母方の実家であるライエンバルド家は、その昔爵位のある名家だったという過去がある。しかし、財産を枯らしてしまった当時の当主は、エドガルに没落した家を押しつけて地方へ逃げたのだ。

そして、金も仕事もないエドガルが、妻に求婚する際に贈ったものが、〝宵の明星〟だったという。

「エドガル・ライエンバルドは、宵の明星に誓って幸せにすると言ったそうで。それにあなたのお祖母様はコロっと騙《だま》されてしまったそうですよ」

こうして、その星は母から娘に渡り、その娘から異国の母へと渡った。

「私は今、とても、幸せな状態にあります。だから」

空に向かって四角い枠を作っていた手を下ろし、ランフォンはぎゅっと孫の手を握り締めた。

「幸せに導く星は、あなたに差し上げます」

ランフォンの手は温かかった。ユージィンの瞼はカッと熱くなっていく。

「ユージィン、幸せにおなりなさい。いいえ、きっとなれますよ」

ランフォンに手を握られながら、ユージィンは肩を震わせる。

冷え切っていた感情に、温かなものが触れた。ユージィンの心が震える。

「さあ、中に入って温かいものを飲みましょう。手が、こんなに冷えて可哀想に」

ランフォンの言葉が、室内の暖かなぬくもりが、ユージィンの凍った心を溶かすような、そんな穏やかな感情で胸がいっぱいになっていた。

第四章 成金令嬢は、星々のきらめきとともに幸せを掴む

時刻は日も沈むような時間帯。でかける用意をしたレイシェイラは、急ぎ足で廊下を歩いていた。

先ほどまで伯母と茶を飲みながら世間話をしていたのだが、その途中で素晴らしい話を聞いたのだ。

それは、人見知りで臆病、泣き虫なメルディアが夜会の主催者であるアウグスト伯爵夫人への挨拶をこなし、さらにはその息子と踊っていたという。

レイシェイラはその話を伯母から聞いた瞬間、涙がでそうなくらい感動してしまった。夜会へ行くだけで涙目になっていた娘が、目を見張るほどの成長ぶりだ。レイシェイラは心の中で賞賛を送る。

だが、それだけでは物足りなかったレイシェイラは、メルディアと直接話をしたいと思

った。時刻は夕暮れどき。もたもたしていたら、夜になってしまう。急いで準備をしていたところ、絡まれたくない相手に見つかってしまった。

「あら、レイシェイラじゃない？」

「ルイベールお姉様」

廊下の曲がり角で鉢合わせてしまったのは、レイシェイラの一つ年上の姉だ。姉と言っても血の繋がりは半分しかない妾の子である。

ルイベールはことあるごとに正妻の子であるレイシェイラを妬み、いやらしく絡んでくるのだ。

「まあまあ、こんな時間からおでかけなんて！　やだわ、はしたない。お帰りは明日の朝ですの？」

「違いますわ！」

「おかしいわねえ。最近はいつも朝にでかけるのに」

朝のおでかけとは、宝石商の仕事を手伝うための外出であった。昼過ぎにはいつも帰っているし、今まで伯母の家にも頻繁に訪問していたので不審に思われていないだろうと、すっかり油断していたのだ。

「私なんて花嫁準備学校《フィニッシングスクール》に行って礼儀作法の勉強で毎日忙しいのに、あなたは正妻の子だから毎日遊んでばかり。羨ましい限りだわ」

「生活が違うのは、わたくしとあなた、与えられた役目が違うからですわ」

「お見合いを何件も蹴って、暇があれば男遊びを？　いいわねえ、なんの苦労もなしにチヤホヤしてもらえて。私はまだ社交界デビューもしていないというのに」

スノーム侯爵家の妾腹《しょうふく》として生まれた子どもは全員社交界へでられるわけではない。花嫁準備学校へ通わされ、優秀な者だけが当主である父親から許されるのだ。

社交界デビューした妾の子は、侯爵家の令嬢として結婚相手を選べる立場にあるが、そうでない者は強制的な結婚を言い渡されるのだ。

気が強くて傲慢なルイベールは社交界へだせない、という話を一年前に聞いて胸がスッとした気分になったのをレイシェイラは思いだす。

だが、今となってはその話も笑えないものだと自覚している。以前とは違い、レイシェイラは根本的な考えがさま変わりしていたのだ。それはベルンハルト家で出会った人物たちの影響であることもわかっている。

「ねえ、どんな男なの？　背が高い？　お金持ち？」

「お退《ど》きになって。急いでいますの」

「たくさん貢いでもらったでしょう？　宝石？　鞄？　それとも流行の靴？　少しだけ見せて」

謎の多い宝石商の男からは何も貰っていない。いつも商談が終わったら庶民が行くような安っぽい喫茶店に連れていかれて、初めて見る菓子を勝手に奢《おご》られるだけだ。

冷たくて甘い氷菓に果物が載ったパルフェ。

クラペットという、発酵させた甘い生地を薄く焼いたモチモチのケーキ。

生クリームが山盛りになっているショコラ風の飲み物に、シュワシュワとした透明の甘い汁の中に数種類の果物や寒天固めなどが入ったコンポート。

そのすべてが初めて食べるもので、見た目は美しくないものもあった。が、勇気をだして食べてみればどれも素晴らしくおいしいのだ。

かの宝石商は平民で、金持ちでもなんでもない。毎回格好はきちんとしているが、それにどれだけの金がかかっているのかは、男性物なのでわからなかった。

「ねえ、レイシェイラったら‼　話を聞いているの⁉」

乱暴に肩を揺さぶられて、レイシェイラは思考の奥底から帰ってくる。

「お放しになっていただけます？　今からお友達のところに行きますので」

手にしていた扇でルイベールの手の甲を強く叩き、相手が口を開く前に先を急ぐ。

メルディアとの約束は取っていなかったが、夕方ならいつでも大丈夫だと言っていたので、連絡もなしに訪問する。

途中で雑貨屋に寄り、うさぎの刺繍の入ったハンカチを購入した。昨日の夜会で頑張ったご褒美だった。

喜んでくれるかなどと考えながらベルンハルト家を訪問すると、無表情の使用人に出迎えられる。

恭しく頭を下げて出迎えるのは、背の高い黒髪の青年。

(この男性は、異国の方ですわ)

普通の黒髪とは違い、使用人の青年の髪は完全な漆黒である。

年頃はメルディアと同じくらいかとじっくり観察していたが、失礼に当たると気づき、異国風の使用人から目を離す。

物静かな印象のある使用人は、メルディアを訪ねてきたレイシェイラに「本日、お嬢様は臥《ふ》せっております」と感情の乗らない声で報告する。

「でしたら、顔を少しだけ見て帰りますわ」

「かしこまりました。お嬢様にもそのようにお伝えします」

「いいえ、先触れは結構。このまま向かいます」

メルディアの部屋の場所を把握しているレイシェイラは、使用人の制止を聞かずにベルンハルト邸を闊歩《かつぽ》する。そんなレイシェイラを止める使用人は一人もいなかった。

メルディアの部屋の扉を勝手に開き、うさぎのぬいぐるみだらけの私室を通り抜け、壁一枚で隔たれた寝室へと入る。

薄暗い寝室には、確実に人の気配がある。目を凝らしてみると、寝台の上に毛布が膨らんで丸くなっている物体が乗っていた。

「メルディア様？」

突然声をかけられて、毛布の塊がビクリと大きな動きを見せる。

「ねえ、何をなさっているの？　わたくし、昨日の夜会のお話を聞きにきましたのよ？」

レイシェイラの言葉を聞いたメルディアは、ぶるぶると毛布ごと小刻みに揺れ動きながら、嗚咽を漏らし始めた。

「な⁉　どうか、なさいましたの？　わたくし、何か酷いことを言ったのでしょうか？」

毛布《メルディア》の丸い塊は、否定するかのように横に揺れていた。

メルディアはグズグズ泣くばかりで、レイシェイラが何を聞いても「ううう」とくぐもった声を漏らす。

カーテンの隙間から差し込んでいた光は、いつの間にかなくなって、暗闇となっていた。

レイシェイラはずいぶん長い時間泣き続けるメルディアを眺めていたのだと気づく。

震える毛布に手を伸ばし、背中であろう部位にそっと触れる。

柔らかな毛布に包まれた背中に接触した瞬間、驚いたからか大きく揺れ動いたが、それ以上拒否するような振動は伝わってこなかった。

大人しくしているのがわかると、その背中を、何回も何回も優しく撫でる。

そんなことを繰り返しているうちに、メルディアの嗚咽は次第に聞こえなくなっていた。

それから数分後。

やっとのことで落ち着きを取り戻したメルディアは、毛布から顔を覗かせた。

ずっと泣いていたからか瞼が腫《は》れ、誰だかわからない状態にあった。さらに、目は半分も開ききっておらず、白目は真っ赤になっているという痛々しい姿を見せる。おまけに表情もすこぶる暗い。

「あ、あの、わ、私」

「無理をなさらないで。今日じゃなくても、話せるときでよろしくってよ」

とても話せる状態でないメルディアを、レイシェイラは制止する。

「め、め、迷惑、じゃ、なか、たら、聞いて、ほ、ほしい、わ」

震える声で言いきったメルディアは、いつまで経っても涸《か》れない涙を浮かばせる。レイシェイラは、買ってきたハンカチの封を開き、メルディアの眦に浮かんでいる涙を吸い取らせた。そして、それをメルディアの手の中に押しつける。

「こ、これ、は?」

「あなたへの贈り物でしたの。昨日、頑張ったご褒美にと思って」

何に対して悲しんでいるのかはわからなかったが、昨日メルディアがなけなしの勇気を振り絞って頑張っていたのは事実なはずだと思い、悩み抜いて選んだ品を渡した。

そんなレイシェイラの言葉に感極まったメルディアは、再び大粒の涙を流す。

「まあ、あなた」

「ありが、と、ありがと、う。レイシェ、ラさま。う、嬉しい」

「ちょっと、それは新品ですので、そんなに涙は吸い取りませんのよ」

糊《のり》の利いたハンカチで涙を拭い続けるメルディアに、レイシェイラは慌てて注意した。

少し落ち着きを取り戻したのか、メルディアは涙の理由を語り始める。

そして、メルディアからゆっくりと聞いた話は、とんでもないものだった。

メルディアは昨晩、勇気を振り絞って夜会に参加した。けれどもユージィンは褒めるどころか、メルディアを拒絶したようだ。

「ありえませんわ‼」

「で、でも、私が、悪い、の」

「いいえ、そんなわけありません」

「まだ、完璧ではなかったの、に、褒めて、くれと、おねだりをした、私が、悪い、から」

「昨日の振る舞いは、とても立派だったと伯母から聞きました。素晴らしい成果でしたのに」

メルディアへ課題をだした本人が努力を認めないなんて許せないと、レイシェイラは激しく憤る。

「でも、でも、大丈夫」

「え？」

ふと、メルディアの顔を見ると、いつの間にか微かな笑みを浮かべていた。

「レイシェイラ様が、褒めて、くれたから。素敵な、ご褒美を、くれたから、もう、大丈夫」

「そんな、わたくしは、何も」

「いいえ。元気を、貰ったわ」

メルディアは、レイシェイラの手をぎゅっと握ってお礼を言う。

予想外の展開に、礼を言われるのに慣れていないレイシェイラの目は泳いでいる。なんだか落ち着かないような気分でもあったが、悪い感情ではないと、そう思っていた。

それから少しだけ会話をして暇を告げる。

夕食に誘われたが、今日のところは辞退した。帰りが遅くなれば、姉に何か言われるかもしれないから。

まだ一緒にいてあげたかったが、あまり遅くなってはベルンハルト家側も気を遣うだろう。

「では、メルディア様、またゆっくりお話ししましょう」

「ええ。楽しみにしているわ」

レイシェイラは後ろ髪を引かれる思いで、メルディアと別れたのだった。

一人になった瞬間、レイシェイラの中に新たな怒りがふつふつと込み上げてくる。

（自分から完璧な令嬢になれって言ったのに、それを認めないなんて、なんて酷い男!!）

ユージィンは、想像していた人物像とはかけ離れていた。会う回数が増えるたびに、その違和感はだんだんと強くなっていたが……。

疑問も吹っ飛ぶような話を聞いて、今回の件は一言物申さねば気がすまないと荒く意気込む。

ユージィン・ライエンバルドは正直に言えば、メルディアが好きになるのも納得できるほどの紳士的な男性であった。眉をひそめるような商売もしていたが、レイシェイラが注意すればやめてくれた。数日前にあった夜会でも、ユージィンと付き合いのあったご婦人は、謎の愛人と別れたようだと囁かれていたのを、偶然耳にしていた。

このまま真面目人間になって、メルディアと結婚してくれたら、と望んでいたのに、そう考えると胸が痛みだす。

それは今回の件が原因だと、そう思い込んでいた。

（――今まで、紳士の振りをしていましたのね!!　絶対に、許せません!!）

こうして、レイシェイラのすべてのモヤモヤと怒りの矛先は、ユージィンだと勘違いしているジルヴィオへと向けられた。

◇◇◇

メルディアは朝から臥せっているという報告を聞いていたジルヴィオだったが、夕食時には食堂へやってきたので、ひと安心する。

顔色はあまり優れた状態ではなかったが、表情は明るい。

元気になった原因はユージィンが何か行動を起こしたわけではなく、メルディアのたった一人の友人、レイシェイラがやってきたお陰だった。

発破をかけたユージィンは何をしているのかと思うのと同時に、レイシェイラのような存在がメルディアの傍にいてよかったと思う。

「それから、レイシェイラ様が頑張ったご褒美にうさぎの刺繍の入ったハンカチをくれて。それがとっても可愛いの！」

「メルディア、よかったですね」

「ええ」

ジルヴィオは妹の楽しそうな様子に目を細めながら、エドガルの手によって注がれた酒を飲む。

レイシェイラ・スノーム。

スノーム侯爵家の娘で、見た目は優しげで妖精のような可憐《かれん》さを備え持つ美少女だったが、何を理由に妹へ近づいてきたのかとジルヴィオは警戒していた。

そんなレイシェイラは、あろうことかジルヴィオをユージィンと勘違いし、宣戦布告をしてきたのだ。

恐らく幼馴染みであるユージィンを信仰するかのように愛するメルディアを見て、小さな頃から言うことを聞くように支配していると勘違いしたのかもしれない。

レイシェイラの接近はジルヴィオにとっても都合がよかった。

かの侯爵令嬢は妹を陥れるために近づいてきたのではないか、という疑念が完全に晴れていなかったからだ。

じっくりと見極めて、メルディアを傷つけるような勝手な行動にでようとしたら、徹底的に排除しなくてはと考えていた。

レイシェイラは大人しそうな外見をしているにもかかわらず、性格は苛烈で気位が高い。ところが、驚くべきことに夜会などでは大人しい猫を被っているようで、弱気な令嬢の振りをしているのを偶然発見してしまう。

そのとき、レイシェイラは大勢の人に囲まれていたので、ジルヴィオがいるのには気づいていなかったのだ。

そんな事情もあって、レイシェイラがただの正義感が強くて真面目な娘ではないことが判明し、本性をジルヴィオやメルディアにだけ見せているということがわかったのだ。

それは、ジルヴィオの安心にも繋がっていた。

正義感が強い人間は、誰にでも優しくできる。同情から生まれた友情など、くだらないものだという考えがあるからだった。

「兄上、どうかしましたか？」

「いいえ、なんでもないですよ」

杯の中にある残りの酒を一気に飲み干すと、食器を下げた執事と入れ替わるように、別の使用人が食堂へ入ってくる。一通の手紙を手にしていた。

「ジルヴィオ様、お手紙が届いております」

その言葉に反応したのは、ジルヴィオではなくメルディアであった。

「あ、私もアウグスト伯爵家に礼状をださなきゃいけなかったわ！」

「メルディア、礼状なら代わりにだしたので不要ですよ」

「そうだったの⁉　どうして兄上が書いてくれたの？」

「具合が悪いと聞いていたので、数日臥せると想定していたからです」

メルディアの復活は想定よりも早かった。レイシェイラのお陰だろう。

「昨日、アウグスト家のミゲル様にずいぶんと迷惑をかけてしまったようで」

「大丈夫です。後日、こちらから、直接礼を言っておきますから」

ジルヴィオ自身も、元よりメルディアとアウグスト伯爵家の次男ミゲルとの恋の橋渡しはしないと決めていた。

世界で一人の可愛い妹である。一番好きな人と幸せな結婚をしてほしいと、そう願っていた。

ジルヴィオ宛に手渡された手紙は、レイシェイラから送られたものであった。

ちなみに手紙は、中央街にある通信局の私書箱を通じて手元に届けられる。

ジルヴィオはレイシェイラと手紙のやり取りをするためだけにわざわざ開設したのだ。

食事を終えると書斎へ移動し、手紙を開封した。

手紙には、明日の正午に指定された店にくるように、という簡潔な文が書かれているだけだ。

今までも何度か手紙のやり取りをしていたが、ジルヴィオが呼びだされたのは初めてである。いったいなんの用事だと首を捻る。

昨晩からメルディアが落ち込んでいたのと関係があるのだろうかと考えながら、手紙を丁寧に折り畳んで机の中の引き出しへしまった。

◇◇◇

天気は曇天、薄らぼんやりで、レイシェイラの心情を映しだしているようだった。

本日はユージィンを個室のある店に呼びだした日で、そろそろ支度をしなければならない時間だ。

レイシェイラは昨日侍女の手によって運ばれていた箱を目にする。

中には、侍女が着る仕着せが入っていた。

これはレイシェイラが城仕えをするときに着用する特別な品で、室内帽に白いシャツに動きやすいワンピース、フリルがあしらわれたエプロンなどが収められている。

偶然にも、侯爵家で使用人たちが着ている仕着せと同じ意匠だった。

レイシェイラは素早く仕着せに着替え、使用人には部屋に入るなと言っておいたので不在には気づかないはずだと考えながら、早足で私室をあとにする。

なぜ、このように変装をしてでかけなければならないかと言えば、二日連続で外出するところを姉妹の誰かに見られたら、また文句を言われるのではないかと考えたからだ。

化粧はしないで髪の毛を左右に三つ編みにして室内帽を深く被ると、パッと見てレイシェイラだとわかる者はいない。

父親の妾や姉妹が廊下を歩いてきても、すっと端によって頭を深く下げていればバレなかった。だが、すれ違う間、変装したレイシェイラは、何か用事を頼まれるのではないかとどきどきしていた。

やっとのことで、目的地に辿り着く。時間よりもかなり早めに到着できたので、ホッと胸を撫で下ろした。

ここでふと、御者の腰にぶら下がっていたあるものが目についた。得物の一つでも手にしておいたほうがいいと思い、借りることにした。

待つこと十分――約束していた人物が現れる。

「遅くなって申し訳ありませんでした」

「いいから、お座りになって」

やってきた宝石商の男は、レイシェイラが握る〝異物〟に目を留めながらも、見なかったふりをして椅子に腰かける。

ここは上流階級の人たちが通うレストランで、すべての部屋が個室となっている。

ユージィンだと勘違いされているジルヴィオの前には、冷え切った紅茶が置かれていた。

レイシェイラは意地悪のつもりで注文していたのだが、動じないので失敗したと内心思った。この程度の行為は、気にも留めないのだろう。

「これをあなたに。買いつけに行ったときの土産です」

「まあ！」

手渡された細長い箱の中身は宝石を模して作ってある、色とりどりの飴《あめ》だった。全部で六粒入っており、パッと見た印象では菓子には見えない。

箱は厚紙でできていたが、金で彩られた花模様の印刷は宝石箱のように美しい。

「綺麗……」

ふわりと漂ってくる上品な甘い香りにうっとりとしていたが、すぐに自分の任務を思いだし、顔を引き締める。

ここでやっと、レイシェイラが握っていた得物に関して質問があった。

「あの、その手にしている品は、馬を操るときに使うものでしょうか？」

「いいえ。あなたが変態的な行動にでようとしたときに、天罰を下す武器ですわ‼」

「それはそれは、恐ろしいですね」

レイシェイラの手には、乗馬鞭《むち》が握られていた。

それは皮の丈夫な馬用に作られたものなので、人に向かって打つと皮膚は確実に腫れる。当たりどころが悪ければ、裂けて出血するだろう。

対人用の鞭だと紹介したものの、彼はにこやかな表情は崩さない。

さすが変態。この程度では動揺なんてしないのだろう。

絶対に負けない。レイシェイラは闘志を燃やす。

「それで、私に話とはなんでしょうか？」

鞭を見ても平然とする男を前に、レイシェイラは苦虫を嚙みつぶしたかのような表情となっていた。

（やはり、私みたいな小娘では、大人を脅すことは不可能ですの⁉）

鞭ではなくて、闘犬を三頭くらい連れてくればよかったと後悔する。

「レイ、どうかしましたか？」

「いいえ、なんでも。用件は、メルディア様のことですわ！」

自らを奮い立たせるためにテーブルを鞭で叩き、威嚇してみせる。思いのほか高い音が鳴り、恐怖に戦《おのの》きつつも目の前の男を睨みつける。

「いったい、どういうことですの⁉　自分のほうから気高いお嬢様になれ、と言ったのに、頑張ったメルディア様を認めないなんて‼」

「ああ、その件でしたか」

「なんですって⁉」

またしても、軽く受け流そうとする宝石商に、レイシェイラの怒りはどんどん溜まっていく。

「私では、どうしようもない問題です」

「何をおっしゃってますの⁉　一言、頑張ったと言うだけですのに」

あんなに熱烈な愛情を示しているのに、どうしてこの男は気づかないのだとレイシェイラは激しく憤る。知らぬ間に鞭を持つ手に力が入り、手が真っ赤になっていた。

「どうして、どうしてあのいじらしいお方を、愛してくださらないの⁉　メルディア様には、あなたしか、いないのに‼」

最大値まで溜まった怒りは、涙となってレイシェイラの頬を伝う。レイシェイラは信じられないとばかりに溢れでる熱いものを手で拭った。

「レイ、本当に私ではどうにもできない問題なのです」

「どう、して？」

「私とメルディアは、腹違いの兄妹、ですから」

「なっ⁉」

驚愕の事実に、メルディアは手にしていた鞭を床に落とす。

「きょう、だい？　ほ、本当、に？」

「ええ」

「メルディア、様は、ご存知、では、ありませんの？」

「さあ、その話をしたことはありません」

手先を見ると、わかりやすいほどにぶるぶると震えていた。

（わたくしのしていたことは、すべて無駄、だったと？）

メルディアが幸せになるために、ここ数ヶ月間必死になって宝石商を真面目な人間にしようと、人としての道理を説いてきた。それなのに、それもすべて無駄だった。

それを自覚するのと同時に、メルディアの恋は一生叶わないものだと知ってしまった。

「そんな、そんなのって」

「あの、レイ?」

名前を呼ばれて顔を上げると、場違いな笑みを浮かべている男と目が合う。

(――この人は‼)

メルディアの気持ちなんてまったく気づいていないし、純粋な娘に対して思わせ振りな行動をしていたことに罪悪感の欠片もないのだ。

「もう、あなたみたいな最低最悪な人間とは、絶交です‼」

「え?」

「ごきげんよう‼」

レイシェイラは握り締めていた乗馬鞭を投げつけ、脇目も振らずに部屋を飛びだす。

「レイ‼」

彼はレイシェイラのあとを追ったが、捕まえる寸前で馬車に飛び乗られてしまった。

もう、彼とは二度と会わない。心の中でレイシェイラは誓った。

◇◇◇

本日は一年に二度行われる、王城で開催される夜会の日。

街は地方から集まってきた貴族に買い物をさせようと、いつも以上に賑わっている。

宝石の販売を生業とするベルンハルト商会も繁忙期を迎えていた。メルディアの父親であるアルフォンソは朝から晩まで忙しそうにしている。兄ジルヴィオは外回りではなく、店舗の販売に回っていた。

騎士隊は王都の秩序を守るために、騎士学校からも巡回員を借りて防衛に努める。そのため講師をしているメルディアの母メルセデスも、生徒たちの監督に気が抜けない状態にあった。

そんな中で夜会へ行くのは、メルディアの担当となっている。

使用人の手によって美しく着飾ったメルディアは鏡を覗き込んで、今から行われる他人との交流に不安が募っていた。

メルディアの様子に気づいた侍女が、優しく励ましてくれた。

「心配ありませんよ。きっと夜会にはメルディアお嬢様よりお綺麗なご婦人はおりませんので」

「あ、ありがとう」

そんなことはないと思ったものの、彼女の優しさだと思って受け取っておく。

「そういえば、ライエンバルドさんのお孫さん、今日で最後なんですって」

「え⁉　まご、って、ユージィン？」

「ええ」

話によると、ユージィンは今日でベルンハルト家の使用人を辞めるという。前回夜会に行って会話を交わしてから、ユージィンとは一言も喋っていない。家族や他の侍女からもそういった話題がなかった。突然の辞職に言葉を失ってしまう。

「メルディアお嬢様、もしかして、ご存知なかったのですか？」

「え、ええ」

あと数ヶ月もすればユージィンは学士院を卒業となる。その前に城の文官の採用試験もあるはずだ。本来ならばこの一年は、暢気に使用人などやっている場合ではなかったのだ。しかし、ユージィン自身が勉強ばかりだと気が滅《め》入《い》ってしまうので、息抜きのつもりで働きたいと望んでいたから雇用は続いていた。

「あの、ユージィンを、ここに呼んでもらえる？」

「こちらに、ですか？」

「お願い」

「かしこまりました」

もう出発の時間も迫っていたので、居間でゆっくりと話す暇はない。もので溢れ返っている衣装部屋ではあったが、そこを別れの場に選んだ。

数分後、頼みごとをした侍女とは別の侍女が、申し訳なさそうな顔で衣装部屋へと入ってくる。その背後にユージィンの姿はなかった。

「メルディアお嬢様、彼は先ほど頼まれていた旦那様のお手紙を投函《とうかん》するために、通信局へでかけたようです」

「そうなの？　もうすぐ帰ってくるのかしら？」

「いえ、今さっきでかけたようで、他にも買い物を頼まれているので帰りは遅くなると」

さらに、雪が降ってきたので早めに出発したいと御者が言っているらしい。

どうやら、ユージィンと会う時間はないようだ。

メルディアはため息をつきながら、ドレスの裾を摑んで衣装部屋をあとにする。


夜会へは人で混雑しているときに行くに限る。それが、レイシェイラに教わった会場で目立たない方法だった。

今までは受付締め切りのギリギリで会場入りし、遅れて広間に入って注目を集める、という失敗を知らずに繰り返していたのだ。

教本に載っていない常識をレイシェイラはいろいろと教えてくれた。彼女には頭が上がらないメルディアである。

そんなレイシェイラとは、広間に入る前の待合室で待ち合わせをしていた。このように人で溢れていては見つけるのにも苦労しそうだと考えていたが、侯爵家の付添人とともに佇んでいるその姿はすぐに見つかった。

「レイシェイラ様！」

「まあ、お久しぶりですわね。メルディア様」

久々の再会に二人は手と手を取り合って喜ぶ。このところレイシェイラは城仕えをしているため、直接会って話ができなかったのだ。

手紙での密なやり取りはしていたので、軽く近況を話すだけで済んだ。

そんな中で、初めこそにこにことしていたレイシェイラであったが、時間を追うにつれて表情が暗くなる。

いつもの元気がないレイシェイラを、メルディアは心配していた。

「レイシェイラ様、何か憂いごとでもあるの？」

「え？　い、いいえ。別に何も」

先ほどからレイシェイラは、メルディアに何か言おうとして、言葉は発せずに口を閉ざす、という行動を繰り返していた。

何か伝えようとしていることはわかっていたが、なかなかそれを言葉にしないのだ。

そうこうしているうちに音楽隊の演奏が始まり、夜会の開始を告げる鐘が鳴らされた。

国王夫妻が舞踏場で踊る様子を、二人は黙って眺める。

結局メルディアは話を聞くタイミングを逃してしまった。


夜会が始まると、さまざまな人たちがレイシェイラとメルディアに挨拶をするために近寄ってきた。

レイシェイラは慣れた様子で一人一人相手にしており、メルディアは言葉に詰まりながらも、なんとかベルンハルト家の代表としての役割を務め上げた。

挨拶が終わると今度はダンスに誘われる時間帯がやってくる。

メルディアは、堂々としているレイシェイラを視界の端に入れながら、彼女のようにはできないと、自信が萎《しぼ》んでいくのを感じていた。

ダンスも、ユージィンと踊れたらどんなによかったか。

などと物思いに耽るメルディアの元に、大袈裟《おおげさ》な言動をする男が近づいてくる。

「おお！　ベルンハルト家のメルディア嬢ではありませんか‼　なんという奇跡、なんという美しさ」

「は、はあ」

背後に影のように立っていた付添人が「ミルセワ伯爵家のジオン様です」と耳元で囁いた。長いダークブロンドの巻き毛を結びもしないで流している男、ジオン・ミルセワは、それはそれは美しい男であったが、手の甲に口づけをされたメルディアはゾッとしてしまう。

「さあ、メルディア嬢！　わたくしと踊りましょう！」

勝手に手を握られ、接近されつつ耳元に熱い息を吹きかけられる。メルディアの心の中は一瞬で満身創痍《まんしんそうい》状態となっていた。

そんなメルディアをレイシェイラは助けようと一歩踏みだしていた。が、それよりも早く間に割って入ってくる者が現れる。

「メルディアさんではありませんか！　お久しぶりです」

「あ！」

「なんだね、君は‼」

人のよさそうな笑顔を浮かべているのは、メルディアも知っている青年だった。

「アウグスト様」

ミゲル・アウグスト。伯爵家の次男で、以前、夜会会場で酔っ払ったメルディアを家まで送ってくれた親切な男だ。

今にもメルディアを連れ去りそうな迫力を見せる美貌の男から守るように、ミゲルは背後で震えている姫君に後ろへ下がるように手を振って指示する。

「すみませんミルセワ伯爵、彼女は私と約束していまして」

「は⁉　関係ございません。メルディア嬢はわたくしと踊るのです！」

「あ、あそこにいるのはミリエン様では？」

「なんですと⁉」

嫉妬深いことで有名な彼の婚約者を見つけたミゲルは、親切にもわかりやすいように令嬢を指し示す。

「ああ、用事を思いだしました、今。わ、わたくしは、これで」

「さようなら」

嵐が去って、メルディアは安堵の息をついた。その隣にレイシェイラが並ぶ。

「メルディア様、大丈夫ですの？」

「え、ええ。アウグスト様が、間に入ってくれて、なんとか」

「……そう。ねえ、メルディア様、ミゲル様と踊ってきたらいかがかしら？」

「え⁉」

突然の舞踏を勧める言葉に、メルディアは驚きとためらいの感情が湧き上がる。

嫌——というわけではない。けれども今日は、踊りたい気分ではなかったのだ。

「メルディア様。何か、気になることでもあるのでしょうか？　心がここにないような、そんな顔をしておりますわ」

「それは……」

「ユージィン・ライエンバルドのことでも考えているのではなくって？」

核心を突かれ、心臓が口からでてくるのではと思うくらい驚く。

「メルディア様、こんなにもよいお方が隣にいらっしゃるのに、頭の中ではあんな男のことを考えていらしたのね！」

「あんな、男？」

メルディアはショックを受けたような表情で、レイシェイラを見つめる。

なぜ、彼女はユージィンをそのように言うのか。何か事情があるのかもしれないが、今は理解できない。

呆然としていたら、レイシェイラはミゲルに向かって頭を下げる。

「アウグスト様、ごめんなさい」

意図が読めないミゲルは何事かと不思議そうにしていた。

「メルディア様は少し具合が悪そうにしておりますので、わたくしたちはこのまま帰ります」

「へ？」

ミゲルの返事を聞く前にレイシェイラはメルディアの手を取って、人込みを避けながら進んでいく。

「レ、レイシェイラ様⁉」

メルディアの戸惑いの言葉に、レイシェイラは返答しない。

ズンズンと進んだ先は、雪が綺麗に取り除かれた庭園だった。誰もいない、静かな中をレイシェイラは無言で歩いていく。

夜間ではあったが、葉のなくなった木にたくさんの小さな角灯が吊るされており、幻想的な雰囲気となっていた。

吐く息は白く、ドレス一枚では肌寒かった。だが、とても言えるような空気ではない。

誰も散策などしていないような、庭園の中央まで歩いてくると、摑んでいたメルディアの手を離す。

「レイシェイラ、様」

「わたくしが、なぜ、怒っているかわかります？」

メルディアは唇を噛んで俯く。

性格も、年齢も、家柄も、何もかもが違う二人を繋いでいたのは、〝完璧なお嬢様になる〟という目標が前提にあったからだ。

メルディアは不器用ながらも夜会で溶け込めるような努力をして、レイシェイラもそんな彼女を支え続けた。

それなのに、今日のメルディアといったら、初めに夜会で見かけたときのような、何もできない、何もしないという駄目な令嬢の見本であるかのような振る舞いを見せていたのだ。

しかも、隣には無礼者から助けてくれたミゲルがいたにもかかわらず、頭の中ではユージィンのことを考えて上の空。レイシェイラが怒るのも無理はなかった。

「あなたには、どうしてユージィン・ライエンバルドしか見えていないのでしょう⁉　世の中には、素敵な男性がたくさんいらっしゃるのよ‼　先ほど助けてくれたミゲル様なんて、ろくにお礼も言わないあなたにとても寛大な態度を見せていましたわ‼　それなのに、あんなしょうもない男のことを考えていたなんて‼」

「そ、それ、は」

メルディアは、辞職日当日となっているユージィンが気になって仕方がなかった。もしかしたら、会えるのは今日で最後なのではないかと考えたら、胸が張り裂けそうなほどに辛い思いが押し寄せる。

その想《おも》いは、ユージィンの勤務終了時間が近づけば近づくほどに強くなっていた。

そんな事情など知らないレイシェイラは、メルディアを責め続ける。

「あなたがそのように幼稚なのは、きっと楽しかった幼少時代で時間が止まっているからですわ‼　どうして、辛い現実から目を背けていらっしゃるの⁉　どうして、いつまでも外の世界に目を向けませんの⁉」

心を抉《えぐ》られる一言に、メルディアの眦からは涙が溢れていたが、ここで泣いてはいけないと、必死に瞬きを我慢してレイシェイラの発言を受け止めた。

ところが、その次に発せられた言葉が、メルディアの今にも折れそうになっていた心情に追い打ちをかける。

「メルディア・ベルンハルト、ユージィン・ライエンバルドのことしか見えていないあなたは、一生結婚なんてできないし、幸せにもなれませんわ‼」

レイシェイラは涙をたっぷり溜めた目でメルディアを睨み、止めの一言を叫んだ。

「大嫌い。わからず屋さんなあなたなんか、大っ嫌い‼」

ああ、これは、夢かもしれない。

そう思って、メルディアは瞼を閉じたが、頰を伝う熱いものが、これは現実だと無残にも告げるだけであった。

レイシェイラは、そのままメルディアの前から去っていく。

庭園に残されたメルディアは、力なくその場にしゃがみ込んで、嗚咽を嚙み殺しながら、肩を震わせていた。

◇◇◇

一人、庭園を歩いていたレイシェイラは、早足からどんどんと速度が上がり、ほぼ、全力疾走、という足取りで帰り道を横切っていた。踵《かかと》の高い靴なので、足先は悲鳴を上げているが、心の痛みに比べたらなんてこともなかった。

もう、メルディアとは会えないだろうと、そんなふうに考えていた。レイシェイラの一言で変わったら、それは嬉しいことだ。だが、変わらなかったら、心の痛みは深い絶望に変わる。それを確認する強さは、レイシェイラにはなかった。

だから、ここでお別れだと、そう思っていた。

迷路のような植物の壁を避けながら駆け抜け、最後の角を曲がろうとした瞬間に、同時に曲がってきた人物と衝突してしまう。

地面にその身を投げだされそうになったが、ぶつかった人物が腰を支えて助けてくれた。

「あ、ありがと、う」

顔を上げると、その人物が見知った者であったために、少しの間言葉を失ってしまった。

「ああ、よかった、会えて」

レイシェイラを探していたと呟く青年は、二度と会わないと啖呵《たんか》を切った相手であった。

「お、お放しになって‼　わたくしは、あなたになんか会いたくありませんでしたわ‼」

相手の胸板をどんどんと叩くが、がっしりと腰に回された腕からの解放は叶わない。

「少し、お話をしましょう」

「いや、嫌‼　ひ、人を、呼びます。ここには、たくさんの騎士がおりますのよ‼　叫び声をあげれば、すぐにやって、きますわ‼」

「そのときは騎士を買収します」

「最低‼」

男は問答無用でレイシェイラを横抱きにして歩きだす。

「きゃあ。い、いったい、何をするのですか」

突然の行動に驚いて、うまく騎士を呼ぶ声すらでてこない。

男が向かった先は温室だった。中はじんわりと体に染み入るように温かい。季節外れの花が美しく咲き誇り、鋏《はさみ》を持って作業をしていた庭師が二人を歓迎するかのように、帽子を取って会釈をした。

温室にも各所に角灯が置かれ、中は明るい。火の光に照らされた植物は、昼間に見るものとは違う魅力があった。

レイシェイラは温室の中心部にある木製の長椅子の上に下ろされた。

そして、ぎゅっと握り締めていた手を男は裏返し、指先を一本一本優しく解くと、手のひらに銀紙で包まれた小さな四角いショコラを一粒置いた。

「甘いものを食べると、心が落ち着きます」

レイシェイラは空腹を感じていたので、銀紙を開いてショコラを口にする。

決して、ささくれ立った心を男に指摘されたからではない、と言い聞かせながら。

ショコラを食べるのを確認すると、男もテーブルを挟んだ向こう側にある、一人掛けの椅子に座る。

それから、ショコラを食べながら涙を流し始めたレイシェイラを見ない振りをしつつ、長い沈黙の時間を過ごした。

心が落ち着きを取り戻すと、後悔に襲われる。

「わたくし、メルディア様に、酷い言葉を浴びせてしまいましたの」

落ち着きを取り戻したレイシェイラは、懺悔《ざんげ》するかのように、ポツリ、ポツリと話を始める。

目の前に座る男は、珍しく真面目な顔で、相槌《あいづち》を打つことなく、黙って話に耳を傾けていた。

「メルディア様は、あなたとは一生結ばれない。だから、新しい恋を知ってほしい、そう思って、怒鳴ってしまったのです」

メルディアとユージィンは母親違いの兄妹で、恋は実らない。だから諦めろ、と言えたらどんなによかったか、とレイシェイラは思う。

その一方で、メルディアにはその事実を受け止める強さはないだろうな、とも感じていた。それが原因で心神喪失状態にでもなれば、目も当てられない。

「メルディア様の心が幼いのは、子どもの頃の楽しかった思い出の中で時間が止まっているからだと、そんな心にもないことを言ってしまい、ました」

メルディアの見た目に反する無邪気さは、愛すべき点だとレイシェイラは思っていた。

「わたくしは、メルディア様のことが、大好き、ですのに、大嫌いって、一生結婚もできなければ、幸せにもなれないって、酷い、こと、を」

それから先は言葉にならない。顔を両手で覆い、止まらない涙を呪う。

そこからまた、しばらく黙り込む。

レイシェイラが再度落ち着きを取り戻したあと、男のほうが話し始める。

「私は、時間が止まっているというのは、違うと思っています。メルディアの心の中の時計は、十四年前に動きだしたのです」

「ユージィン・ライエンバルドと出会ったことによって、時間が動き始めた？」

「ええ」

メルディアは生まれたときから、人見知りが激しかった。年齢を重ねていけば、誰とも打ち解けるようになる。そんなふうに家族は甘く見ていたものの、メルディアの人見知りは筋金入りだった。

家族以外の他人に心を許さず、どうしたものかと悩んでいた。

そんな中、メルディアはユージィンと出会った。

ユージィンはメルディアの強固な心を解し、他人に甘えるという感情を教えてくれた。

「かの青年と妹が出会ってから十五年。精神的には十五歳のメルディアと、十八歳のユージィン、と思っていれば、二人の関係になんの不思議もありません」

人見知りばかりしていたメルディアの幼少時代を聞き、ユージィンがいてよかったと、レイシェイラは心からそう思った。

それにメルディアが少女のような言動や行動をする理由もわかり、すっきりとした気分になる。

ただ、男の言動の中に、気になる点があって口にする。

「ねえ、あなた、十八歳とか嘘よね?」

「はい。私は二十九になります。もうすぐ三十の誕生日がきますね」

「あなた、ユージィン・ライエンバルドは十八だとおっしゃいましたよね??」

「ええ。間違いありません」

ここで、これまで感じていた〝違和感〟が大きく膨らんでいく。

彼がユージィンであるというのは、かなり無理があった。

「お、お待ちになって‼　それでは、あ、あなたは誰、ですの⁉」

レイシェイラは立ち上がり、謎の男から後ずさって距離を取った。

少しでも冷静になると相手が誰だというのもわかるが、今日一日のさまざまな出来事が、レイシェイラの思考回路を狂わせていたのだ。

そんな彼女を見つめながら、男はいつもの余裕たっぷりの笑顔を浮かべ、自己紹介をする。

「私は、ジルヴィオ・ベルンハルト、と申します」

「は⁉」

「ですから、メルディアの兄である……」

「な、何を、おっしゃっていますの⁉」

信じようとしないレイシェイラに、ジルヴィオは懐から懐中時計を取りだして見せる。

レイシェイラはズンズンと近づいて、確認をした。

それは表面にベルンハルト商会の商印が描かれた品で、裏面には持ち主の名前が彫られているというものだった。

見せられた懐中時計には、〝ジルヴィオ・ベルンハルト〟という名前が刻まれている。

「これで、信じてくれます……おっと！」

言葉を言い終えないうちにレイシェイラは、片肘をついて優雅に腰かけるジルヴィオの腿《もも》の間にドン！　と膝を突き、胸倉を力いっぱい摑んで詰め寄る。

「あ、あなた、わたくしを騙しましたのね‼」

「おやおや。騙したなんて人聞きの悪い。先に勘違いをしたのはレイのほうですよ」

「お黙りなさい、この、極悪人‼」

レイシェイラはギリギリとジルヴィオの礼服のタイを締めるが、少女の細腕では相手を苦しめることは難しかった。

「ユージィン・ライエンバルドは、他にいるってことですの⁉」

「ええ。うちで働いていた、黒髪の大人しそうな青年です。見かけたことありませんでしたか？」

一度だけ、ベルンハルト家にきたレイシェイラを出迎えた異国風の使用人。あれが本物のユージィンだったのかと、レイシェイラは悔しさで奥歯を嚙み締める。

まさか、メルディアが依存しきっている男が年下の使用人だとは思いもしなかったのだ。

自らの想像力の貧困さに、羞恥を覚える。

「どうして、人違いをした日に訂正なさらなかったの？」

「それは、妹に近づく人間を見極めたかったからですよ。なんせ、初めてのお友達候補様でしたから、こちらも慎重になってしまいました。騙していたことは、申し訳なく思っています」

今回はどちらの行動も罪深いもので、レイシェイラが一方的に責めるのはお門違いだと考えていた。

だが、ジルヴィオの嘘がきっかけでメルディアに暴言を吐いてしまったことは事実。

再び怒りが込み上げてきた。

「わたくしは、あなたのせいでお友達を失いましたわ‼」

「メルディアのことは大丈夫ですよ。案外打たれ強い娘なので」

「そんなこと、ありませんわ‼」

今になって、寒い中にメルディアを取り残してきたことを思いだす。

「メルディアなら、うちの使用人に回収するように頼んであります」

「そ、そうですの」

「それに、メルディアにも発破をかけようと考えていたところでした。レイがまさかそれをしてくれるなんて思ってもいませんでしたが」

「は⁉」

「あの二人、見ていてじれったいと思っていたのです」

このときになって、自分もユージィンも、メルディアでさえジルヴィオの手のひらで踊らされていたことに気づく。

「妹は世界一可愛くて、甘やかしたいと思っているのですが、時には荒療治も必要だとも思っています」

「やっぱり、ゆ、許せません‼」

「どうすれば、ご慈悲をいただけるのでしょうか？」

「天罰ですわ‼」

再びギリギリとタイを締め上げるが、ジルヴィオは依然として平気な顔をしていた。

「ああ、そうそう、天罰と言えば、大変なことがありまして」

先日、レストランに忘れていったレイシェイラの天罰こと乗馬鞭を拾ったジルヴィオは、次に会ったときに返そうと、仕事用の鞄の中に入れていたのだ。

「それがまあ、運の悪いことに、鞄の中の書類を勝手に取りだそうとしていた父親に見つかってしまいましてね」

違和感しかない品を発見したジルヴィオの父、アルフォンソに詰問された。

「なんのために鞄に忍ばせていたのだと、鞭を持った父親に問い詰められていたのですが、レイの名前をだすわけにもいかなかったので、苦し紛れに趣味の品だと答えたら、激怒されました」

しかもその仕事用の鞄はアルフォンソが誕生日に贈った品だったので、怒りは倍増だったと語る。

いったいどういう場面で使うのだと怒りを爆発させたアルフォンソは、勢いで「最近真面目になったと思っていたが、気のせいであったか‼　お、お前なんぞ勘当してやる‼」と叫んだ。

幸い騒ぎを聞きつけた母メルセデスと妹メルディアに助けられ、ことなきを得たと話す。

「お陰さまで、私は家族に鞭打ちが趣味の危ない男だと認識され、毎日冷たい視線を浴びています」

「それは、大変、でしたわね」

まさか自分の持ちだした鞭が、ベルンハルト家で大変な事件を巻き起こしているとは思いもせずに、視線をジルヴィオから逸らして遠くを眺める。

「もちろん、責任を取っていただけますよね？」

「え、ええ。今度、お宅に伺って、それはわたくしの、趣味の、品だと、言いますわ」

家族から冷たくされているジルヴィオを不憫に思いながら、強く摑んでいたタイから手を放し、自身も離れようとする。

しかしながら、今度はレイシェイラの腰にジルヴィオの腕を回されて、拘束されてしまった。

「な、何をなさいますの⁉　放して……‼　わたくしは、あなたのことが、きら――」

「日々、あれだけ熱心に私を口説いてくれたのに、今は嫌いだと言うのでしょうか？」

「そ、それは――！」

レイシェイラは模範的な紳士として、ユージィンと思い込んでいたジルヴィオに、何度もメルディアの兄の話をした。素敵な人だと、理想的な男性だと、本人とは知らずに熱く語っていたのだ。

「あ、あなたは、信用なり、ません。複数の女性と、関係を、持っていました」

「それはレイにやめろと言われたので、関係はとっくの昔に切れています」

「わたくしを、ずっと、騙していましたし」

「嫌われたくなかったのです。ずっと、心が痛んでおりました」

「う、嘘ですわ‼」

レイシェイラは密着しているのが恥ずかしくなって、体を両手で押すがビクともしない。

「もしも、私がレイの意向に沿わない行動をすれば、天罰でもなんでもすればいいのです。――もちろん、裏切るような真似はしないと誓いますが」

「何を、おっしゃっておりますの⁉　あなたと、いくつ年が離れていると！」

「この国では、女性は十五から二十まで、男は二十五から三十までが結婚適齢期です。私たちほどの歳の差夫婦など、珍しくもなんともない。父と母だって、一回り離れていますが、今も幸せそうに暮らしていますよ」

「ううっ……！」

何を言っても正論で返される。もう勝てないと思ったレイシェイラは、ぐったりとその寄せられた相手の肩に顔を乗せて、諦めの体勢を取った。

◇◇◇

メルディアはベルンハルト家の侍女に保護され、家路へと就く。

(レイシェイラ様を失望させてしまった。私はなんて愚かなの)

メルディアが大好きな人たちは、自分自身のせいで離れていく。悪いのは自分自身なんだと自らを責めた。

(レイシェイラ様だけではない。ユージィンとも、たぶんもう会えない……)

馬車の中でも涙は止まることなく流れる。自分が嫌になって、このまま消えることができたらどんなにいいかと、深く落ち込んだ。

時計を見たら、まだユージィンの就業時間は終わっていない。

しかしながら会わせる顔がないので、今となってはどうでもよくなっていた。

ほどなくして、ベルンハルト邸に到着する。馬車が止まってすぐに扉が開かれた。

今日はもう、すぐに寝てしまおう。

そんなふうに考えながら踏み台へ下りようとしたところ、誰かの手が差しだされた。

その手を掴もうと手を伸ばしたのと同時に、手の主と目が合ってしまう。

「——あ」

メルディアに手を差し伸べたのはユージィンだった。

とっさに手を引っ込め、ユージィンを避けて、馬車から飛び下りるようにして降り立つ。運動神経がよかったのが幸いしたのか、踵の高い靴を履いていたにもかかわらず、着地は綺麗に決まった。

それから後ろを振り向くことなく、庭に向かって逃げるように駆ける。

メルディアは脱兎《だっと》のごとく逃げだしたのだ。

（ユージィンに、泣き顔を見られてしまったわ‼）

雪が降り積もり、肌寒い夜である。けれども、追い詰められたメルディアは、冬の寒さなんて気にならなかったのだ。

このまま使用人用の出入り口から家に入ろう。そう思っていたのに、メルディアの後ろから追走する者がいた。

「メルディアお嬢様、お待ちください‼」

ユージィンである。

（そんな、ユージィン、どうして⁉）

メルディアは追いつかれないように、さらに速度を上げた。

一方のユージィンといえば——彼女を逃がすまいと猛追していた。

予想よりもかなり早い帰宅と、泣きながら帰ってきて、さらにはユージィンの顔を見て馬車の階段から華麗な跳躍と着地を決めて走り去っていった。

メルディアから事情を聞こうと、必死になって追い駆けているのだ。

こうしてメルディアを追いかけるのは、幼少期以来だった。たまには外で遊べ、というメルディアの父アルフォンソの言葉を受け、二人で追いかけっこをしたことを思いだす。

——ユージィン、捕まえた！

メルディアが追い駆ける側に回ると、ユージィンは即座に捕獲されてしまった。

逆にユージィンが追い駆ける側に回ったら、いつまで経ってもメルディアを捕まえることができなかった。

——ねえ、ユージィン、いつになったら、わたしを捕まえてくれるの？

結局は息切れして立ち止まったユージィンのもとに、メルディアがやってくるというのがお決まりの展開だったのだ。

何年経っても、その関係は変わらないようで、ユージィンが一生懸命追い駆けても、メルディアとの距離は詰まらなかった。

だが、ユージィンも昔のままではない。メルディアが屋敷の角を曲がったところで、使用人用の出入り口へと入る。そして、屋敷の廊下を走って、逆の位置へと回った。

窓から飛びだしたその場所は、メルディアが曲がって走ってきた場所だったのだ。

「メル‼」

「きゃあ‼」

ユージィンは走ってきたメルディアを抱き止める。

「やっと、捕まえることができました」

「ユージィン！」

せっかく捕まえたのに、メルディアはすぐさまユージィンから離れた。

これ以上逃がさないように、手を握っておく。振り払われたらどうしようかと思ったが、メルディアは大人しく手を握らせてくれた。

ベルンハルト邸の屋敷の周りには、外灯がいくつも並んでいるので夜でも明るい。そんな中で、泣き顔のメルディアの表情はよく見えていた。

上着をメルディアの肩にかけ、もこもこの襟巻きも首に巻く。通信局と買い物帰りのユージィンは、厚着だったのだ。

メルディアの「ありがとう」の声は小さすぎて、強く吹く風にかき消されてしまった。かろうじて、口の動きでわかったのだが。

目を合わせようとしないメルディアの顔を、ユージィンはじっと覗き込む。

「どうしましたか？　そんなに泣き腫らして」

メルディアは首を横に振るばかりで、問いかけに応えない。

「メル！」

聞こえなかったのかと思って大きな声で名前を呼ぶと、メルディアの心と体は跳ね上がる。

「メル、私が何かしましたか？」

「ち、違う、わ。違う、の。全部、私が、悪く、て……」

メルディアははらはらと涙を流し、しゃくり上げていた状態だったので、上手く言葉にできない。

ユージィンはそんなメルディアを見つめながら、悪いのは彼女ではなく自分だということに気がつく。

「いいえ、諸悪の根源は、この私。……今まで、メルの性分に合わない、辛いことを頑張るよう強いてしまいました」

ユージィンは頭を深く下げて謝罪する。社交界で上手く立ち回るように言ったのはユージィンで、メルディアもその言葉に応えようと努力してきた。

せっかく頑張っていたのに労《ねぎら》いの言葉の一つも言えず、メルディアの前に現れた男性に嫉妬心すら抱いてしまった。

行動や言動の何もかもが道理に合っておらず、滅茶苦茶《めちゃくちゃ》であった。

そのことをユージィンは誠心誠意謝った。

「謝らないで、ユージィン！　私、今回のことで、たくさん勉強になったの！　一人でいろいろできるようにもなった」

「しかし――」

「それにレイシェイラ様とも仲良く……なれ、なれ、た、のに」

再び、メルディアの眦から涙が溢れだす。

「スノーム嬢と何かあったのですか？」

「わ、私、本当に、情け、なくって」

ユージィンは黙ったままのメルディアの両手を握り、部屋の中へ入ろうかと提案する。

けれどもメルディアは首を振るばかりで、その場から動こうとしない。

「メル、風邪を引いてしまいます」

石像にでもなったのか、と思うくらい、メルディアはビクともしなかった。

彼女は幼少時からそうだった。頑固な一面があり、こうだと思ったらてこでも動かない。

「メル」

頑として動こうとしないメルディアを、ユージィンは優しく抱き寄せる。

抱き締めたメルディアの体はすっかり冷たくなっていた。

密着してすぐは体を硬くしていたが、ゆっくりと背中を撫でると、次第にユージィンのほうへ体重を預け、震えも治まってくる。

そしてしばらく時間が経つと、メルディアは先ほど起こったことを語り始めた。

「ユージィン、わ、私、レイシェイラ様に、一生、結婚、で、できないって、言われた、の」

「は？」

「わ、私は、何も、できない、のよ」

メルディアの眦から、再度涙が溢れてくる。ユージィンの胸に顔を埋めつつ、話を続けた。

「ユージィン、しか、見えていないから、他の、素敵な人に、気がつかない、って」

メルディアが振り絞るように発する言葉は、どれも苦しげだった。

変わろうと思っていた彼女にとって、指摘されたくないことだっただろう。

ユージィンまで辛くなってくる。

「私、いいの。結婚、でき、なくっても。それ、だけが、幸せ、では、ないから」

「メル」

ユージィンは抱き締める腕に少しだけ力を加えてから、肩を押してメルディアから離れる。いきなり離されたメルディアは、迷子になった子どものような顔をしていた。

「メル、あの星の名前を知っていますか？」

ユージィンが指差すのは、頭上の夜空に一番大きく輝いている一番星だ。

「宵の明星、幸せの星？」

「ええ、そうです。昔、本で読みましたね」

この世界に伝わる星の伝承が集められた本を、メルディアとユージィンは二人で肩を寄せ合って読んだことがあった。

その幼い日の記憶を甦らせて、メルディアは淡い微笑みを浮かべながら頷く。

「父や祖母の故郷では、導きの星と呼ばれているのです」

「まあ、二つの国の意味を合わせたら、幸せに導くお星様だわ」

「ええ」

それからユージィンは祖母がしてくれた話をメルディアに聞かせる。

両手の人差し指と親指で四角い枠を作り、その中に幸せに導く星を閉じ込める。そうすれば、その星は自分のものになる、と。

そして、その星はユージィンの祖父の手に握られたのが始まりで、そのあとさまざまな人たちを幸せにしていった。

「自分には、地位も、財産も、男として頼りになる、何もかもがありません。ですが、メルディアを、幸せにしたい、という気持ちは誰よりも勝っていると、そう、思っています」

「ユージィン」

本日何度目かもわからない涙を流しているメルディアの手を、星を手渡すかのようにしてしっかりと握る。

「あの星に誓って、必ず幸せにします。メルディア・ベルンハルトさん、私と、結婚してください」

返事をする前にメルディアは勢いよくユージィンに抱きついた。

ほぼ、全力でぶつかるような勢いだったので、ユージィンは受け止めきれずに後ろへ倒れ込んでしまう。

冷たい雪の絨毯《じゅうたん》の上に重なる二人は、今までにないほどに幸せそうであった。

「ああ、ユージィン！　これは夢かしら？」

「こんな情けない姿、夢だったらよかったのに」

「情けなくないわ。ユージィンは世界で一番素敵、だもの」

こうしてユージィンは、エドガルと同じ求婚を行い、見事に成功を収める。

しかしながら、ここから先が大変だったのだ。

家に帰ったユージィンは、両親に今日のことを報告した。当然、父シンユーに手酷く怒られてしまう。

ベルンハルト家のアルフォンソは、ライエンバルド家にとって返せないほどの大きな恩がある人物である。その娘に懸想していたなど、とんでもないことだと三時間にもわたって叱られた。

その間、母レイファは何度も止めに入っていたが、父シンユーの怒りは治まらなかった。

しかし、ランフォンの帰宅により、状況は一変する。

ユージィンを唆《そそのか》したのは自分だと言って味方をしてくれたのだ。

◇◇◇

それから一晩、家族会議となった。

ユージィンは文官になる夢を諦め、ベルンハルト商会へ勤めることを決心する。

数日後、両親とともにベルンハルト邸を訪れた。メルディアとの結婚の許しをもらうためであった。

客間には、メルディアとアルフォンソが待ち構えていた。

部屋の中へ入った途端に、ユージィンは床に両膝をついて、額も同じように床に押しつける。

「旦那様、申し訳ありませんでした‼」

ベルンハルト家の者たちは、ユージィンの行動を見てギョッとする。

「ユ、ユージィン⁉」

突然の行為に、茶をだしていた祖父のエドガルが言葉を失い、メルディアとレイファが慌てて駆け寄る。

「ユージィン、やめて、お願い！」

「ユーちゃん、じゃなくて、ユージィン！　ベルンハルトさん、困っているでしょう？」

レイファとメルディアが、平伏をやめるように窘《たしな》めるが、聞く耳を持たなかった。

そして、騒ぎを聞きつけたジルヴィオが何ごとかと部屋を覗くと、ふんぞり返って長椅子に座るアルフォンソと、なぜか額を床につけるユージィン、呆然とするエドガルに慌てているメルディアとレイファ、というわけのわからない状態となっていた。

「父上、なんだか悪の親玉みたいですね」

「だ、誰が悪の親玉だ‼」

茶番のあとに、話し合いが始まる。

「元よりメルディアは、ユージィン、お前に嫁がせるつもりだった」

「そう、だったのですね」

「それから、学士院を卒業したあとは、別にうちで働かなくてもいい。お前には文官になるという夢があるんだろう？」

「しかし――」

ベルンハルト商会はジルヴィオには継がせない、メルディアと結婚した男に任せるとアルフォンソは話していた。

「もう、心配はいらない。後継者の目処《めど》がついたから」

メルディアとの結婚を許しただけでなく、文官になるという夢も諦めなくてもいいという。これは現実なのかと、ユージィンは頬を抓りたくなった。

「よろしいのですか？」

「もちろんだ。メルディアは昔からお前しか見えていなかった。それに性格もこのとおりで、社交界では上手くやっていけないとわかっていた。だから、ユージィン、お前に嫁がせるのがもっとも幸せになれると、そう考えていたのだ」

アルフォンソはあっさりと結婚を許してくれた。ただ、大きな問題があるという。

「だが、この娘は家事ができない。このままでは役に立たないだろう。しばらくどこかへ花嫁修業にださなければならない」

メルディアは酷く不器用で、家事の一切を苦手としている。ライエンバルド家に嫁ぐというのなら、使用人を雇うわけにもいかない。何もかも、自分でする必要があるのだ。

どうしたものかと呟くアルフォンソに、ユージィンの母がメルディアの花嫁修業先について提案する。

「それでしたら、我が家へどうぞ！」

「ライエンバルド家でメルディアを預かる、というのか？」

「はい。もちろん、家事を教わっている間、ユージィンは父エドガルの家で暮らすようにします。二番目の息子は騎士舎に入れますし、夫は私以外の人にとって存在感があまりないので平気だと思います」

メルディアの人見知り具合を知っているユージィンの母親は余所《よそ》の家に送るよりは、うちで預かりたいと強く望んだ。

「それに、我が家にはとても恐ろしい家事の悪魔がおりまして」

「ほう？」

「きっと甘やかしてはくれません。それでもよかったら、歓迎します」

家事の悪魔とはユージィンの怖い祖母、ランフォンのことだ。

もちろん、メルディアはその提案を受けることとなった。

紆《う》余《よ》曲《きょく》折《せつ》あったが、メルディアとユージィンは結ばれる。

この先、きっと苦労するだろう。けれどもそれ以上に満たされた毎日が待っているはずだ。

エドガルから始まった星の伝説は、皆が皆、幸せになれたのだから。

第五章　成金令嬢の親友は、覚悟を決める

レイシェイラは久しぶりにジルヴィオと会っていた。

ゆっくり近況でも話そうかと思っていた矢先、ジルヴィオが思いがけない言葉を口にする。

「レイ、そろそろあなたと結婚したいのですが」

人が込み合っている喫茶店での突然の求婚に、レイシェイラは瞠目していた。

「なっ――はあ⁉」

「結婚してほしい、とお願いしたのです」

「き、聞き返したわけではありませんわ！」

王宮での騒ぎから数ヶ月経った。ジルヴィオとレイシェイラの縁はあの場で終わらず、順調に逢瀬《おうせ》を重ねていた。

レイシェイラは王宮へ出仕しており、ジルヴィオは以前よりも仕事量が増えたということで、休みの日がまったく合わなかった。

取り引きと取り引きの間の短時間、公園で話をするだけだったり、今のようにレイシェイラの仕事が終わった数時間を喫茶店で過ごしたりと、会えるひとときは限られているのだ。

最近のスノーム家は、門限が厳しくなっていた。姉妹の一人が夜遊びをして、悪い男に引っかかる、という事件が起きたからだ。レイシェイラの父親は、日が暮れる前には帰ってこいと言っている。

今日、ジルヴィオは休みで、レイシェイラは仕事終わりという状態ではあったが、時刻は夕暮れどきで、門限が迫っていた。そんな中での求婚である。

もちろん、レイシェイラは歓喜で震えんばかりの感動を覚えていた。

「ジルヴィオ様、と、突然、どうなさいましたの？」

「なんだか、この数ヶ月ゆっくりできなくて、バタバタと忙しくしているうちに、レイを誰かに盗《と》られる気がしたので」

「まあ！」

ここ何ヶ月かでジルヴィオは見てわかるほどに痩せ細っていた。本人いわく、真面目に生きていたらこうなった、とのこと。

レイシェイラにはちょっと意味がわからなかったので詳しく話を聞くと、ここ半年間の働き振りを見たジルヴィオの父アルフォンソが、ベルンハルト商会を任せようと思っている、という話をしてきたのだという。

今まで本気をだしたことのなかったジルヴィオが、父親の期待に報いるために頑張っているのだ。それが原因で、痩せてしまっているのだと語る。

「レイ、君が支えてくれたら、仕事も頑張れる」

自分の気持ちだけで結婚を決めてもいいのならば、この場で了承していただろう。

だが、レイシェイラは侯爵家の令嬢で、結婚には親の許しが必要になる。

「お返事についてですが、今日はできませんわ」

「ええ。わかっています」

今まで、貴族以外の家に嫁いだスノーム家の人間は一人もいない。父親は結婚を許してくれるのだろうか。

そんな不安を覚えつつ、家路に就いた。


家に帰宅する頃には、すっかり日も沈みきっていた。

幸い、父親はまだ帰宅していないようなので、ひっそりと胸を撫で下ろす。

侍女が風呂の用意ができているというので、そのまま向かおうと歩いていたら、正面に一つ年上の姉ルイベールがいるのに気がついて、顔を顰めてしまう。

「あら、遅いお帰りだこと」

「道が混んでいましたのよ」

花嫁準備学校を卒業したルイベールは一件も結婚の話がこないので、このところ荒れていた。

レイシェイラもなるべく関わらないようにしていたが、向こうからやってきたので避けようがなかったのだ。

「いいわねえ、特別待遇のレイシェイラお嬢様は。結婚を先延ばしにしてもらって、王宮で男漁《おとこあさ》りができるから」

「なんですって⁉」

「私、知っているのよお。あなた、最近平民の男と会っているって。侍女のねえ、アリサがあなたを公園で見たって言っているの。うふふ、公園で会うなんて、恥ずかしくないの？　相手は相当お金を持っていない男なのかしら？」

公園で会うことはやめたほうがいいと、ジルヴィオが何度か言っていたのだ。喫茶店ならば外から見えない位置に座れば知り合いに見つかることはなかったが、公園だと他人の目から逃れることができない。変な噂が立つ恐れがある。

それでも会う暇があるのなら会いたいと、我が儘を言ったのはレイシェイラだった。

ジルヴィオの忠告を聞かなかった罰である。後悔しても遅い。

「浮かれているのも今のうちだけよねえ？　百年の恋も一瞬のうちに冷めるっていうのかしら？　相手の男性、顔だけはとても綺麗だったみたいだけれど、平民の男なんてお金もなければ品もないのよ？　それが、わかっていて？」

「お黙りなさい‼」

「やだわ、怖い。公園で会うなんて、なんて貧乏臭いのかしらあ。わたくしだったら、絶対嫌だわ。鳥肌が立っちゃう。もう、好きになったら外聞なんてどうでもよくなるのよねえ。けれど、ネージュお姉さまを見てご覧なさいな」

ネージュ・スノーム。数年前に夜会で運命的な出逢《であ》いをした男爵家の三男と結婚。しかしながら、性格や価値観の不一致によってつい数日前に離縁して出戻ってきたのだ。

ちなみに出戻りの姉は一人目ではない。少し前に五女が別居をしたいと夫に言い渡されたとかで、帰ってきているのだ。父親の頭を悩ます性悪姉妹である。

「わたくしは、違いますわ！」

「みーんな、そう言うのよ」

ベルンハルト家の総資産はスノーム侯爵家の資産を遥かに凌《しの》いでいるが、それを言ったところで家柄に差があることに変わりはない。それに財産目当てだと思われるのも癪《しゃく》だったので、黙っていた。

沈黙の中で睨み合いが続く中、空気を読まない第三者が現れる。

「まあまあ、性悪で嫁《い》き遅れのお姉さま方が揃ってお集まりで、負け犬の遠吠《とおぼ》えでしょうか?」

扇を片手に現れたのは、レイシェイラの三つ年下の妹アルカディだ。彼女もスノーム家の血が濃いからか、気が強くて自尊心が無駄に高いという困った性格をしていた。

そして、結婚相手が決まっている彼女は、結婚が決まっていないレイシェイラやルイベールに上から目線な態度を取るのだ。

「アルカディ、なんて口の利き方をするのかしら?」

レイシェイラもついでに一言物申す。

「嫁き遅れとは聞き捨てならないですわ」

「十代も後半になって婚約者の一人もいないお姉様方は、十分嫁き遅れですことよ」

性悪と性悪と性悪。スノーム家の姉妹が集まると、そこは地獄絵図と化す。

ここで、目ざといルイベールがアルカディの新しい装飾品に気づいた。

「あら、アルカディのその首飾り、中年の幼女趣味の伯爵様からいただいたものかしら?」

「なっ⁉」

アルカディの婚約者は四十歳の伯爵である。女嫌いで有名だった伯爵が、十四歳のアルカディに一目惚れをして、会った当日に結婚を申し込んだという話は、瞬く間に社交界に広まった。その伯爵家は名家だったために、結婚の話は綺麗に纏まっている。

「社交界にでたこともないお方に、いろいろ言われたくありません‼」

「まあ⁉」

ルイベールとアルカディが本格的な喧嘩を始めた隙に、レイシェイラは風呂場に向かう。

姉や妹たちの性格の悪さに疲弊してしまったが、自分自身もかなり性格が悪いことを思いだしてしまった。

（そうでした。わたくしって、かなりの性悪でしたわ）

メルディアに出会う前、自分がどう美しく見えるかということだけを毎日考え、美しい人がいればそれを妬んだ。

（メルディア様にも意地悪をしたわ）

茶会の時間をわざとずらして書いた招待状を送りつけ、遅刻させて恥をかかせた。

幸いメルディアがその意地悪に気づいておらず、嫌味も効かなかったので、レイシェイラは彼女と仲良くなるきっかけを得ることができたのだ。

――恋をして、幸せなのは熱に酔って浮かれている今だけ。

――性格や価値観の不一致であっさりと恋も冷めてしまう。

――離婚すれば、待っているのは世間の冷たい眼差しと姉妹からの嘲笑。

ジルヴィオには本当の性格の悪いレイシェイラを見せていない。激しい気性の娘だとは思われているかもしれないが、それも全部メルディアのためを思っての行動だったので、いいように捉《とら》えられているのかもしれない。

（彼に見限られるなんて、絶対にいや）

せっかく出会えた運命の男性《ひと》を手放すものかと、レイシェイラは勝負にでることを決意した。

◇◇◇

ジルヴィオが休みだという日を把握していたので、約束もなしにベルンハルト家を訪れた。やってきたレイシェイラを見たジルヴィオは、驚いた表情で出迎える。

「レイ、どうしたのですか？　仕事は？」

「今日は急遽《きゅうきょ》お休みになりましたの。なんだか、家でのんびりする気分ではなくて」

「そうでしたか」

朝早くの訪問だったので、ジルヴィオは服装はきちんとしていたが、髪の毛は整えていない状態であった。

「わたくし、いろいろと行きたいところがありますの。お付き合いいただけるかしら？」

「ええ、それは構いません、が、支度をするので少し待っていただけますか？」

「いいえ。そのままでよろしくってよ。誰もあなたなんて見ていませんから」

「レイが望むのなら、このままでもいいのですが」

「ええ、問題ありませんわ。さあ、行きましょう！」

レイシェイラの作戦とは、我が儘放題に振る舞ってジルヴィオを困らせよう、というものだった。これで、ジルヴィオがレイシェイラに対してどのようにでるかを知りたかったのだ。

本当のレイシェイラを知って、態度が変わるようであれば、結婚なんてしないほうがいい。お互いのためであるのだ。

出だしは渋々、といったところ。そして、意外にも試すような真似をしているのにもかかわらず、罪悪感が湧いていないことに気づく。

(わたくしって、やっぱり性悪ですのね)

ため息をつきながら、レイシェイラはジルヴィオのあとを歩く。

最初に訪れたのは、高級品が並ぶ商店通りにある宝石店だった。店の展示用に飾られている大きな宝石があしらわれた首飾りを見て、ジルヴィオを振り返る。

「わたくし、この首飾りが欲しいです」

腕を取って、身を寄せ、甘い声でお願いと囁く。ジルヴィオはなかなか店の前から動こうとしない。

（ジルヴィオ様、恥ずかしいので、早くお決めになって‼）

慣れないおねだりに、レイシェイラにも限界が訪れつつあった。

このように自分から密着するのは初めてのことで、心臓がうるさいほどにドキドキと音を立てている。信じがたいほど顔も熱かったが、なんとか耐えた。

やっとのことで入店する。レイシェイラはガラスケースを見る振りをして、ジルヴィオから離れた。

店の奥から店員らしき男がやってきたので、すぐに話しかける。

「すみません、そこに展示してある首飾りを見せていただける？」

「ええ！　オダリスクの輝石ですね」

男はオーナーであり、直接買い付けに行くという宝石商でもあるらしい。

宝石商の男はレイシェイラに試着を勧めたが、お断りをする。

「で、こちら、お値段はこのようになっております」

値札に書かれた金額を見て、レイシェイラは仰天する。その額、金貨五十枚ほど。

ジルヴィオは懐から商会券を取りだして、金貨五十枚也《なり》、とサラサラと記入する。

そして、宝石商の男に商会券を差しだしたので、レイシェイラは慌ててジルヴィオの手の甲を扇で叩いた。

衝撃を受けてはらり、と手から落ちた商会券を拾い上げると、即座に破って取り引きをないものとした。

呆然とする宝石商とジルヴィオの視線を感じ、レイシェイラは慌てて場を取り繕う。

「や、やっぱり、いりませんわ。ちょっと、時代遅れの意匠ですし‼」

二人からいたたまれなくなるような視線を感じたが、レイシェイラは明後日の方向を見つめて気づかない振りを決め込む。

それからすぐに回れ右をして、店からでていった。

(ま、まさか、本当に買うとは思いませんでしたわ！　あの金額を即決なさるなんて、信じられない)

レイシェイラの手先は震えていた。

成金を侮ることなかれ。その言葉をしっかりと胸に刻み込む。

次に行った喫茶店では、わざとカップを倒して水で服を濡らすという計画を立てていた。

しかしながら上手く水を零せず、ジルヴィオのズボンに数滴垂れただけで失敗に終わる。

ドレスや宝飾品、靴などを取り扱う店では、ジルヴィオに選んでと頼み困らせようとした。けれどもジルヴィオは、実に洗練された見事なコーディネートを選び抜く。とても気に入ったので、自分で買おうとしたが、支払いはジルヴィオがいつの間にか済ませていた。

スマートすぎて悔しい気分になる。

　その後もさまざまな我が儘を発揮したつもりだったのに、詰めが甘い計画だったので、いまいち成功した気分に浸れないでいた。

　最後に訪れたのはレイシェイラが予約をしていたレストランだった。店員に個室を案内され、ひとまず落ち着く。

（結構頑張りましたけれど、ジルヴィオ様は普段どおりですわね）

　意地悪を繰り返し行っていた相手は、いつものように笑みを絶やさないでいる。

　もうなんだかヤケクソになって、手にしていた紅茶をかき混ぜるための匙を投げ捨てるように床に叩きつけた。

「――レイ？」

「うっかり匙を、落としてしまいましたわ。ジルヴィオ様、取っていただけます？」

　こういう場合は店員に頼むのが普通だ。自分で拾いにいくのはもちろんのこと、相手に拾わせるということは礼儀に反する行為である。

　ところが、ジルヴィオは平然な顔をしつつ床に膝をつき、匙を拾い上げるとテーブルの端に置いて、新しいものをレイシェイラへと差しだした。

　まるで姫君に忠誠を誓う騎士のような、優雅な所作である。

　ジルヴィオはレイシェイラの失礼な行為の数々に不快感を示すことなく、すべて受け入れてくれた。

ここまで完璧に応えてくれるなんて、レイシェイラも想定外である。

震える手で匙を受け取ってカップの中身を混ぜると、砂糖の溶けきっていない紅茶を口に含んだ。

「ジルヴィオ様」

「はい？」

「今日のわたくし、何かおかしいと、思わなかったのですか？」

何ごともなかったかのようにしているジルヴィオに、レイシェイラは問い質した。

「好きな人をついつい苛《いじ》めたくなる、的な何かだと思って楽しんでいましたが？」

「は、はあ⁉」

「このところゆっくり接する暇もありませんでしたし、鬱憤が溜《た》まっていたのかと思いまして」

ジルヴィオはレイシェイラの我が儘を何一つ気にしていなかった。

「腹が立ったりしませんでしたの？」

「いいえ。すべてを受け入れるつもりでした」

「な⁉　で、では、わたくしが、金貨数百枚の宝石をねだれば、買っていたのですか⁉」

「レイが望むのなら」

あまりの衝撃に、頭を抱え込んでしまう。

そして、最後の台詞《せりふ》に聞き覚えがあって首を捻る。

「あっ‼」

「ん？」

――ユージィンが望むのなら。

レイシェイラは思いだす。それはメルディアの口癖だったと。

(兄妹揃って、忠犬《ワンコ》属性でしたの⁉)

似たもの兄妹だったわけだ。

「わたくしは性根が曲がっていて、意地悪だから、ジルヴィオ様に嫌われるのでは、と不安でしたの。被っている猫は、いずれ剝がれ落ちてしまいますから」

「そういう理由だったのですね」

「試すようなことをして、ごめんなさい」

レイシェイラは素直に謝り、ジルヴィオは別に構わないと咎めることもなかった。

しゅんと項垂《うなだ》れるレイシェイラに、ジルヴィオは声をかける。

「さて、これからどうしますか」

「わたくし、これから仕事に行きますわ」

「え？　別に行かなくてもいいのでは？」

「いいえ、行きます」

「もうちょっとだけ、ゆっくり話をしたいのですが」

「それではごきげんよう、ジルヴィオ様」

「レイ……あ、本当に、帰った」

性悪令嬢レイシェイラは、ジルヴィオをレストランに一人残して去っていった。

まさか、店に一人取り残されるとは思ってもいなかったジルヴィオは、予想の斜め上を行くレイシェイラの行動力に深く感嘆してしまった。

レイシェイラに振り回されるという楽しい一日を過ごしたジルヴィオは、早く結婚しなければとこれまで以上に思うようになった。

まずは、父アルフォンソの許しを得ないといけない。さっそく、話をしに行った。

「父上、そろそろ私も結婚をしようと思いまして」

「そうか」

それ以上何も言わず、アルフォンソは書類に目を落とす。

「あの、父上、話を聞いていますか?」

「なんだ?」

ジルヴィオは大切な話があると言って父親の執務室を訪れた。が、アルフォンソはあろうことかジルヴィオの話を真面目に聞かず、仕事ばかりしている。

「だから、結婚すると言っているのです」

「はあ⁉　誰がだ‼」

「やっぱり聞いていませんでしたね」

「誰の話だと聞いている！」

「私の結婚に決まっているでしょう」

「なんだって⁉」

本当に結婚する気なのかと、疑念の視線が向けられた。

「最近妙に真面目になったと思ったら、女ができていた、というわけか」

「ええ。彼女は私に人としての道理を説いてくれました」

再びアルフォンソは渋面を作り、ジルヴィオを見る。

「父上、何か？」

「いや、非常に言いがたいのだが、なんというか、ここ最近、お前が変な宗教に騙されているのではないのか、と思ってな」

ふざけてばかりいる息子が数ヶ月で驚きの改心を見せた。アルフォンソはジルヴィオが怪しい神を信仰し始めたのでは、と疑っているのだという。

そんな父親の発言にジルヴィオは愉快だとばかりに笑い声をあげる。

「ジルヴィオ、笑いことではないぞ！　お前、何か高い品物を買わされたりとかしていないだろうな⁉」

「ああ、今日、金貨五十枚の首飾りを買わされそうになりました」

「ほらみろ‼　絶対に騙されているぞ‼」

「まさか。私の女神がそのような悪事を働くわけがありませんから」

「騙されている奴は皆そう言うのだ‼」

父親が面白い方向へ勘違いしてくれたので、ジルヴィオはその話に乗りつつも会話を進めた。

「一度、彼女と会っていただきたいのです」

「私は入信しないからな！」

「ええ。別にそれは構わないのですが、結婚に反対はしませんよね？」

アルフォンソは腕を組み、黙り込む。

「父上？」

「ああ、好きな奴と結婚しろ。だが、本当に怪しい女だったら、即刻二人でこの家をでていってもらう」

「相変わらず、父上は過激ですね」

「お前がそうさせているのだ！」

ジルヴィオはまだ完全にアルフォンソから信用されていない。これぱかりは何年もかけて信用を取り戻すしかないと諦めている。

レイシェイラ・スノーム。彼女と結婚するためにジルヴィオは忙しい中、多大な苦労をしてきた。相手の家に認めてもらうために、さまざまな場面で何度頭を下げ続けたかわからないほどに奔走もした。

だが、それほどに価値のある結婚だと、ジルヴィオは思っている。

「話はそれだけか？」

「はい」

結局、アルフォンソはジルヴィオの結婚相手の名前すら聞かなかった。

顔合わせの当日、驚くだろうなあと考えつつも、怒濤《どとう》の数ヶ月を振り返る。

◇◇◇

数ヶ月前。王宮で開催された夜会が行われた晩、それとなくレイシェイラに結婚の話を持ちかけてみると、悪くない返事をもらった。

その反応を見た時点で、ジルヴィオはレイシェイラとの結婚を決める。先日父親からジルヴィオがベルンハルト商会を継ぐ可能性についての話も、後押しとなった。

それからの行動は早かった。

即座にスノーム侯爵との面会を取りつけ、結婚の話を持ちかける。ジルヴィオの予想どおり、スノーム侯爵には無理だと言われてしまった。

レイシェイラは侯爵家の正妻から生まれた娘で、大貴族の家に嫁がせるために育ててきたので貴族でない家にやることはできないと、お断りされてしまったのだ。

だが、ここで引き下がるジルヴィオではない。その場では「そうですか」、と納得する振りを見せ、ついでとばかりに、何か困っていることはないですか、とスノーム侯爵に話を持ちかけた。「別に困っていることはない」、と自尊心の高いスノーム侯爵は言っていた。だが、土産で持ってきていた酒が進み、最終的には酔っ払ってしまって、ポロリと悩みごとを打ち明ける。

なんでもスノーム侯爵が苦労をして縁談を結んだ、五番目の娘の離縁が決まったという。出戻り娘をどうすればいいものか、と頭を悩ませているという。

ジルヴィオはベルンハルト商会の顧客で長い付き合いのある貴族の男と会ってみないか、とスノーム侯爵へ提案した。

相手は騎士隊に所属する三十七歳の独身貴族だ。爵位は子爵。騎士団では王族近衛部隊の総隊長を務めている。男ばかりの職場で出会いもなく、毎日の激務が結婚という文字から遠ざけていたのだという情報をスノーム侯爵へ提供した。

出戻り娘は今年で二十五になる。とても気が強い娘だが大丈夫か、とスノーム侯爵は不安そうだった。その娘は夫と性格や価値観の不一致で仲違《なかたが》いをしたらしい。

相手方の子爵は、仕事中以外はとても穏やかで優しく、忍耐強い人なので、きっと上手くいく。騎士の妻というのは少々気が強いくらいがちょうどいいのだ、と伝えた。

すると、スノーム侯爵は安心したのか、ジルヴィオに「頼む」と言って頭を下げた。

その後、ジルヴィオは侯爵と子爵を会わせたり、離婚と再婚するための手続きを済ませたりと、さまざまな雑務をこなした。

そして無事、スノーム侯爵の五女の縁談が纏まる。結婚の予定は一年半後。離婚してすぐまた結婚すれば悪評が回ってしまうので、世間体というのも考えて一年半空けることにしたのだ。五女本人にも一応反省をしてほしいので、直前まで黙っていることを決めているとスノーム侯爵は話していた。

五女の再婚話が纏まったので、スノーム侯爵は大いに喜んでいる。

さらにジルヴィオは、他にお役に立てそうな話はないかと持ちかけた。すると今度は、十七歳となる八女にいい結婚相手はいないか、と神妙な顔つきで相談された。

その娘は妾の子どもで、結婚先に困らないようにと花嫁準備学校へ入れて教養も叩き込んだ。それなのにそれが仇《あだ》となって、性格の悪い小賢《こざか》しい娘に育ってしまったという。何を言っても理屈をつけて言い返し、女性としての可愛げがまったくないのだとスノーム侯爵は項垂れながら語った。

五女の離婚の前例もあったので、結婚相手選びに慎重になっていたようだ。下手に大貴族へ嫁がせれば、不興を買って大変なことになる。だからと言って下級貴族に頭を下げたくない。そんな悩みをジルヴィオへ吐露した。

そんな八女の縁談もジルヴィオは綺麗に纏めていく。もちろん、決まったあともスノーム侯爵は本人には伝えていない。結婚が決まったと浮かれられては大変だからだ。まだ結婚が決まらないと思い、落ち込んでいるほうが大人しいのである。

こうして侯爵の弱みを二つも握ったジルヴィオであったが、事態は思わぬ方向へ進んでいく。ベルンハルト家の若君が奇跡的な縁談の纏め方をするという噂がいつの間にか社交界へ広がり、スノーム侯爵を通じて「うちの息子・娘の結婚相手を探してくれ‼」という申し出が飛び込んでくるようになったのだ。

噂の出所は当然スノーム侯爵である。

娘の誰がとは言わなかったが、結婚が難しいと言われていた子の嫁ぎ先が決まったのだと、つい知り合いに自慢してしまったのが始まりだった。

スノーム侯爵を通じて飛び込んでくる縁談希望を、ジルヴィオは仕事の合間を縫って真面目に取り決めていった。本当に忙しい毎日だった。

そんな中で唯一の癒《い》やしといえば、レイシェイラと話をするひとときである。

今を乗り越えれば、彼女との幸せな結婚生活が待っている、そう考えて頑張っていたのだ。それなのに、スノーム侯爵はとんでもない願いをジルヴィオにしてきたのだ。

レイシェイラのよい嫁ぎ先を探してくれ、と。

これにはジルヴィオも怒りを露わにしそうになった。

だが、すぐに感情を剝きだしにするような未熟な年齢はとうに過ぎていた。感情を抑え、冷静に対処する。その場は笑顔で「かしこまりました」と頷き、相談場所となっていた店をあとにした。

その後、ジルヴィオはとある人物との面会を希望する。相手方と茶の席を設けてもらい、なんとか約束を取りつけることに成功した。

茶会当日。ジルヴィオは事情をすべて話した母親とともに、目的の人物に会いに行く。

その人物とは――スノーム侯爵の姉である、ハルファス公爵夫人である。

彼女に助けを求めるため、ジルヴィオはメルセデスとともにやってきたのだ。

ハルファス公爵夫人は、思いがけない格好のメルセデスを見て目を丸くしていた。

「はじめまして、メルセデス・ベルンハルトと申します」

騎士服で現れたメルセデスは、片膝をついて公爵夫人の手を取って指先に口づけを落とす。

「え、ええ。はじめまして。マリア・ハルファスよ。メルセデスさんは騎士学校の講師なのよね？」

「はい。仕事先から帰ったばかりで、このような格好で失礼を」

「いいえ、いいえ、全然大丈夫‼　むしろ大好き‼　あ……いえ、なんでもないわ」

公爵夫人は男装をした凛々しい女性に弱い、という情報は事前に入手していた。

男装しているのが母親だが大丈夫だろうかという心配はあったが、案外簡単に陥落してくれた。ジルヴィオは心の中でほくそ笑む。

ジルヴィオはハルファス公爵夫人にレイシェイラとの結婚の後押しをしてくれないか、と頭を下げた。メルセデスも一緒になって頼み込む。

普段からレイシェイラにジルヴィオの話を聞いていたハルファス公爵夫人は、あっさりと協力してくれることを約束してくれた。

こうして強大すぎる後ろ盾を得たジルヴィオは、公爵夫人とともに彼女の弟であるスノーム侯爵を言い負かす。

けれども最後の最後で、スノーム侯爵はあがきを見せた。レイシェイラを諦めたら、大口の取引先を紹介するというのだ。

そんな話で、ジルヴィオの心が揺れ動くわけがない。

認めないというのであれば、彼は最終的な手段にでる。

ジルヴィオは一人の女性についての情報を、スノーム侯爵に耳打ちした。

それは、現在スノーム侯爵が入れ込んでいる人妻の名前であった。

とある権力者の妻で、不貞が露見するとスノーム侯爵の立場が危なくなる。

もしも結婚を認め、これ以降、浮気をせずに真面目に生きるのであれば、この情報は揉み消す。

なんて囁いたら、スノーム侯爵は涙目でこくこくと頷く。ようやく、レイシェイラとの結婚を認めたのだ。

その後、ジルヴィオはレイシェイラへ正式に結婚を申し込み、先ほどの父親への報告へと繋がったというわけだ。


レイシェイラとの結婚が決まってからも、縁談を希望する話はどんどんと舞い込んでいた。これはもう自業自得かな、と半ば自棄《やけ》になりながらも、丁寧に縁を繋いでいく。

本日はジルヴィオの三十歳の誕生日だったが、ここ数ヶ月ですっかり痩せ細ってしまった。美しいレイシェイラにふさわしくないのでは、と思ってしまう。父もこんな気持ちで母と結婚したのだなと、今になって気持ちがわかった。

それにしても、人生は何が起こるのかまったく想像できない。まさか自分が婚活おじさんの二代目になるとは思ってもいなかったと、ジルヴィオは深く落ち込んでいた。

しかも忙しすぎてレイシェイラにも会っていない。

久々の休日にレイシェイラが朝からいきなり訪問してきて、さまざまな意地悪の限りを尽くされ、最後には店に放置される、という心躍った日の記憶が随分昔のように思えてくる。また、あの日のように彼女に振り回されたい——なんて密かな願望を抱いていた。

タイを緩め、手櫛《てぐし》で整えていた髪を崩し、残っている仕事を片付けようと執務室兼私室の扉を開く。

「——⁉」

「遅いですわ‼　ここに一人で何時間も待機をして……な⁉」

扉の前で待ち構えていたのは今まで頭の中を占領していた女性——レイシェイラだった。

これは夢ではないかと思い、本物か調べるためにぎゅっと抱き締める。

「なんですの、いきなり‼」

「これは夢ではないかと、思って」

「夢ではありません、現実ですわ‼　な⁉　ちょっと、お放しになって‼」

心地よいはきはきとした声、そして、馨《かぐわ》しく甘い香り。すべてが本物で、これは現実だと伝えてくれる。

相手は箱入りのお嬢様。このような触れ合いにはきっと慣れていないのだろうなと考え、名残惜しいが解放する。

レイシェイラは今日がジルヴィオの誕生日だと聞いていたので、特別に外出を許してもらったのだという。

このまま父親に紹介したかったが、あいにく不在だ。

母親は夜間授業のため学校に泊まり込み、メルディアは花嫁修業にでていていない。

屋敷の中は使用人を除いて二人きり、というわけだった。

「よく、許してくれましたね」

「ええ。伯母様が手配してくださったの」

「それはそれは、ありがたい」

公爵夫人には頭が上がらないなと思いながら、レイシェイラが注いでくれたジュースを一気に飲み干す。

「ジルヴィオ様、なんだか、くたびれていますのね」

「そう見えますか？」

「ええ」

「それは困りましたねえ」

「何が、ですの？」

「父は、その昔、働きすぎて大切なものを失いました」

「いったい、何を？」

「髪の毛、です」

沈黙が部屋の中を支配する。以前、父親と喧嘩したときに、ジルヴィオは言われたのだ。

——お前はそのように格好をつけているがな、私の父も、祖父も、曽祖父も、皆、仲良く揃って禿《は》げていた!! お前ももうすぐ残酷なときを迎えるだろう。それまでせいぜい遊んでいるといい!! 確実にモテなくなるだろうからな!!

約束された将来を打ち明けられ、一気に気分も暗くなる。けれども、結婚前に言っておかなければならないことでもあった。見てくれがいいのは、きっと今だけだ、と。

「わたくしは、別にジルヴィオ様のお顔が好きなわけではありません。社交界には、わたくし好みの見た目の方もたくさんいらっしゃいましたけれど、そのお方とは結婚したいとは思いませんでしたのよ」

初めて参加した夜会の日。レイシェイラは会場で惹きつけられるような男性を見かけたのだ。麗しい容姿の中の精悍な眼差しとピンとした立ち姿、服装は騎士隊のものだったので、戦う人の体つきをしていると、うっとり眺めてしまった。

だが、そんな彼はレイシェイラの熱い視線には気づかずに、あとからやってきたメルディアに心を奪われていたのだ。そして、メルディアがいなくなると、レイシェイラのところへやってきて、熱心に口説き始めたのだ。

「もう、本当にがっかりして、わたくしの恋は一瞬で崩れ去りましたの」

「それは、なんと言っていいのか。しかし、私もその男と同様に、あなたをがっかりさせてしまいましたよね？」

「いいえ。ジルヴィオ様は違いますわ」

レイシェイラは最低最悪の第一印象を受けた状態でジルヴィオと出会った。初めこそ騙されていたが、長く付き合っていくうちに小さな違和感を覚える。

「あなたは、ご自分を偽っているときがありますわ。そういうときは、いつも目を細めてお辛そうにしております。わたくしは、本当の優しいジルヴィオ様を存じておりますの。どうしてそのように振る舞われるのか、何かきっかけがあったのか、まあ、特に知りたいわけでもないのですが。……けれど、もう、楽になさってはいかがです？」

こんなところまで父親に似てしまったのか、とジルヴィオは初めて自覚する。

ジルヴィオが生まれたときから、ベルンハルト商会の評判はすこぶる悪かった。

父アルフォンソは悪人みたいな顔をしているが、見た目どおりの男ではない。真面目に働き、家族を大事に思う善人だ。

それなのにイメージはいっこうによくならないし、アルフォンソ本人も弁解しようとしなかった。

少年時代のジルヴィオは理解できなかったし、青年時代になるとどうにでもなれと思うようになった。大人になると、自分自身のイメージすらどうでもよくなって、楽して儲《もう》けよう、なんて考えに至ってしまった。

そんなジルヴィオを正してくれたのが、レイシェイラだった。

彼女はジルヴィオに、楽になれと言ってくれた。そこで気づく。ジルヴィオは、これまでの生活にとても疲れていたのだと。

片手で両目を覆う。触れた瞼はとても熱くなっていた。そんなジルヴィオの体を、レイシェイラは抱き締める。

「わたくしは、心優しいあなたを愛しておりますの」

レイシェイラの言葉は、ジルヴィオの心の中の憂いごとをすべて吹き飛ばすような、絶大な影響力があった。

「これからは、まっすぐに前を向いて、生きてくださいな」

「そういうふうに、生きられるでしょうか？」

「もちろんですわ。もしも何か間違えましたら、後ろから叩《はた》いて差し上げますから」

ジルヴィオは胸がいっぱいになって、言葉を失ってしまう。回された小さな手に、背中をポンポンとされ、長い間荒れていた心も和らいでいくように感じていた。


後日、ジルヴィオはレイシェイラを父親に紹介する。

アルフォンソは侯爵令嬢であるレイシェイラを前にして、仰天した。

「ジルヴィオ、私を騙したな‼」

「父上が勝手に勘違いをしたのでしょう?」

「なんだと‼」

宗教団体の幹部がくると想像していたアルフォンソは、念のために護衛のシンユー・ライエンバルドを背後に立たせて待ち構えていた。

なのに、息子とともに現れたのは、スノーム侯爵家のレイシェイラだったのだ。

「よくよく確認を取らなかった父上が悪いのです」

「こ、この～～‼」

今回もアルフォンソの負けかと、部屋にいる誰もが思っていた。

だが、レイシェイラは扇を畳むついでの動作で、ジルヴィオの手の甲を叩く。

パンという音が鳴り、ジルヴィオは驚きの表情をレイシェイラへと向けた。

「ジルヴィオ様、また、人を騙すような悪事をなさったのですか? それに、お父様になんて口を利くのですか! 生意気ですわ!」

「はい」

「謝罪をするのです‼ 今です。今すぐに‼」

レイシェイラから叱られたジルヴィオは、神妙な様子でアルフォンソに頭を下げた。

「父上、生意気な口を利いて、本当に、申し訳ありませんでした」

初めてのジルヴィオからの謝罪に、アルフォンソは開いた口が塞がらない状態にあった。

一連のやり取りを見て、息子が真面目人間に生まれ変わったわけを理解する。

こうして、ベルンハルト家に念願の嫁レイシェイラがやってきたわけだが、彼女による天下統一は一瞬のうちに終わったという。

ベルンハルト家の誰もが、レイシェイラに頭が上がらないのだ。

◇◇◇

それから一年後に、レイシェイラとジルヴィオは結婚する。

貴族ではない家に嫁ぐことに対して、レイシェイラは大反対されるのではと不安だった。

けれどもそれは杞憂《きゆう》に終わる。レイシェイラは笑顔で父親から見送られてしまった。

あとから判明したのだが、スノーム侯爵の娘だったレイシェイラと結婚をするために、ジルヴィオはさまざまな方面で暗躍及び用意周到な工作をしていたのだ。

その話を聞いたレイシェイラは、ただただ呆れるしかない。

腹芸が得意なジルヴィオのお陰で、レイシェイラは問題なくベルンハルト家に嫁げたというわけである。

レイシェイラの結婚生活は、幸せに満ちあふれていた。

第六章

成金令嬢は、花嫁修業を行う⁉

メルディアは荷物を鞄一つに纏めて、長年育ってきた家をでる。十九体のうさぎのぬいぐるみは、ベルンハルト家に置いてきた。

ユージィンの家までは乗り合いの辻馬車で行き、そこからは出迎えがあった。

馬車乗り場にメルディアを迎えにきていたのは、ユージィンの母レイファだった。

「あら？　メルちゃん、荷物それだけなの？」

「はい」

家までの道のりを、喋りながら歩く。

「もうねえ、リュファが喜んじゃって大変でね」

「私も嬉しいです」

リュファはユージィンの十一歳年下の妹だ。

一度、人見知り克服のために紹介されたあとも、何度か屋敷に呼んで茶会をしたり、本を読んだりと、七歳児であるリュファとメルディアは真面目に交流していた。

二人はすっかり仲良しで、求婚を受ける数日前にはお泊まり会なども計画していたほどだ。

普段から妹のように思っていた娘である。今度からは本当の妹になるのだと思うと、嬉しさが込み上げてきていた。

馬車乗り場からしばらく歩いていくと、二階建てのライエンバルド家に到着する。

「狭い家ですが、自分の家のように寛《くつろ》いでね」

「はい。ありがとうございます」

レイファはぐっと背伸びをし、小さな声で耳打ちする。

「実はまだ、住宅の支払いが五年、残っているの」

「ユージィンのお父さん、頑張っているのですね」

「ええ、本当に」

家の中へ入っても世間話は止まらない。レイファは明るく、接しやすい人物であった。

メルディアの荷物は二階へ持ち込まれる。案内されたのはユージィンの部屋だ。

「ちょっとというか、かなり本が多くて、狭いけど」

「わあ」

ユージィンの私室がメルディアの個人部屋となるわけだが、出入り口の扉と学習机、寝台を寄せている以外の壁はすべて本棚と本で埋め尽くされている。

「もうねえ、ずっと本で家が沈んじゃうわ、って言ってたんだけど、年々増える一方で、売ったりあげたりもしているみたいだけど、この現状を見たら本当に⁉ ってなるわよね」

「ふふ、ユージィンらしいお部屋です」

それからメルディアは部屋に一人残され、荷物の整理をする。収納はすべて寝台の下にある物入れの中だ。服などは必要最低限だけ持ちだすようにしていた。いつも着ているようなレースたっぷりの華美な服装は、この界隈で着るとどうしても目立ってしまうからだ。

後日、服などを買いに行かなければならないな、と考えつつも、鞄の中身を空にする作業を進める。

空になった鞄は本棚と寝台の隙間に詰め、なんとか自分の部屋が完成した。と、いっても、部屋の見た目にはあまり変わりはない。変更点といえば、学習机の上にあった空の本棚に、ユージィンから過去に誕生日の贈り物として貰った本を並べたくらいか。

少しだけ緊張しているので寝台に座って寝転がった。布団からは、日の光の下で干したかのような暖かな匂いがしている。

（ユージィンの香りも少しだけする）

他人が使っていた布団に寝そべることは初めてだったので、なんだか恥ずかしいような気分になっていた。

少しだけ寝台の上でうつらうつらとしていると、扉が元気よく叩かれる。

「メルちゃーん、終わった？」

扉からひょっこり顔を覗かせたのは、レイファだった。

「あら？　疲れちゃった？」

「いいえ。大丈夫、大丈夫です！」

メルディアは勢いよく起き上がって、乱れた髪の毛を整える。

布団からユージィンの香りがして、リラックスしたので眠たくなった、とはとても言えなかった。心配されたので、それを誤魔化すかのように、話題を別のものへと移す。

「そ、それにしても、エドガーさんには悪かったですね」

エドガーというのはユージィンの四つ年下の弟で、現在騎士学校に通っている思春期真っ只中の少年なのだ。

このたび、メルディアが家にくるということで自宅を追いだされ、騎士たちが生活をする騎士舎に引っ越しを余儀なくされた不憫な少年でもあった。

「ああ、いいのいいの！　エドガーはメルちゃんこなくても追いだす予定だったから」

「そう、だったのですね」

「気にしないでね」

なんでも、先日行われた講師と親の面談会で、エドガーは座学の時間はほとんど眠っている、という情報が伝えられたのだ。

「騎士舎だったら怖い寮母さんが生活を管理してくれるから、寝不足になるってこともないだろうと思ってね」

「さ、さようでしたか」

そうであっても、メルディアはエドガーに申し訳ない気持ちでいっぱいだった。

◇◇◇

遡ること数日前――。

騎士学校から帰ってきて、部屋で寛いでいたエドガーは、突然の母レイファの襲撃を受けていた。

何事かと身構えるエドガーに、レイファは「騎士舎に入るように手続きを済ませてきたからね！」と一方的に通達する。

「はあ⁉　なんで俺がでていかなきゃならねえんだよ！」

「だって授業中にねむねむしてたでしょう？　講師の先生に聞いたよ？　騎士舎だったら

訓練前の時間までバタバタしないでゆっくり眠れるし、いいよね？」

「これから生活を改めればいいだけだろうが！」

「うん。でもね、お兄ちゃんのお嫁さんがくるから、エドガーは家をでないといけないの」

「は？」

「お嫁さんをね、この家で預かるから」

兄の結婚を知らされていなかったエドガーは、信じられないとばかりに目を見開く。その間を三冊の参考書を持ったリュファが通過していった。

「んん？」

リュファが「よいしょ、よいしょ」とかけ声を上げながらエドガーの学習机の上に本を載せると、ふう、と言って額を拭う仕草をした。

「いやいや、ふうー、じゃねえよ！　リュファ、お前、なんで俺の机に私物置いているんだよ⁉」

「ここね、わたしの勉強部屋になるの」

「はあ⁉」

エドガーがいなくなったあとは、リュファがこの部屋を使うことになっていた。学士院の参考書は毎年何冊も買わされて収納に困るので、勉強専用の部屋に置くことを決めていたらしい。

家から追いだされるわ、兄の結婚話を聞かされるわ、部屋を妹に奪われるわ——さまざまな事態が重なって、エドガーの頭の中は混乱状態にあった。

いったい何から突っ込んでいいかわからずに、ただただ呆然とする。

とりあえず、一番気になっていることから聞いてみる。

「に、兄ちゃんって誰と結婚すんの？」

「メルちゃんと‼」

「は？　メルチャン？」

元気よくリュファが答えたが、誰だかわからなかったのでレイファの顔を見る。

「メルちゃんだよ」

「だから、メルチャンって誰だよ！　つか、なんで俺がでていかなければいけないんだ！」

「だって思春期の男の子とメルちゃんを同居させるなんて危険だもの」

「どういう意味だよ⁉」

「あなた、絶世の美女と一つ屋根の下、至らぬ妄想をしないと誓いますか？」

「は⁉　絶世の美女って、なんだそれ！　兄ちゃん、どこで美女なんか捕まえてきたんだよ！　つーか先に紹介しろよ！」

「あー、今度ね」

レイファはエドガーの主張を話半分に聞きながら、ゴミ袋を掴むと次々と部屋の中の私物を処分していく。

「待て、虫の抜け殻は要るものだ！　ゴミじゃねえよ」

「うん。でも、気持ち悪いから捨てるね。掃除するときいつも気になってて。なんか虫が湧いているし」

「待て、待て待て！　おい！」

エドガーはゴミ袋から虫の抜け殻を取りだそうとしたが、レイファの言うとおり虫が湧いていたのでそっと戻す。

「小《ちい》おにーちゃん、おパンツは何枚までですか？」

「は？　おパンツは三枚あれば大丈夫ってお前、なんで勝手に人の荷造りをしているんだよ‼」

「服はね、こうしてくるくる巻いたらたくさん入るのよー」

「お、俺のパンツをくるくるするな‼」

文句を言いながらも、くるくると小さくなっていく自分の服を感心しながら眺めていたが、ハッと我に返って頭を抱え込んだ。

「ああ、もう、どうして早々に俺を追いだしにかかってるんだよ！　新婚夫婦を追いだせばいい話じゃないか！」

「あ、お兄ちゃんはお祖父ちゃんの家で暮らすのよ」

「へ？　なんで？」

「学士院を卒業して、お仕事が落ち着くまで別々に暮らすのよ。そうしないと大変でしょう？」

よくわからない事情ではあったが、エドガーはその日のうちに家をでることとなった。

以上がエドガーの門出の瞬間である。

その後、エドガーの成績はぐっとよくなり、寝不足にもならなくなった。

今では騎士舎での生活も悪くないと思うエドガーである。

◇◇◇

メルディアは料理をするために台所に立つ。

今から作るのはメルディアとユージィンの夕食である。今日は祖父であるエドガルが夜遅い勤務なので、二人で食事をすればいいという提案を、レイファがしてくれたのだ。

メニューは厚切りにした丸パンに野菜と炙《あぶ》った燻製肉《くんせいにく》を挟んだものに、野菜スープという簡単なものだ。

「じゃあねえ、その葉っぱを手で千切ってくれるかしら？」

「わ、わかりました」

エプロンを着けて、格好だけは立派な料理人が、緊張の面持ちで指示に従う。

ロゼットと呼ばれる葉野菜は、くるくると丸く内側に巻きつくように生えるもので、シャキシャキとした食感が肉によく合う。メルディアはロゼットをがっしりと掴み、恐る恐る葉を毟《むし》り取る。

「メルちゃん、顔がちょっと怖いかも」

「す、すみません」

メルディアは不器用ながらもなんとか頑張り、料理は形となった。

肉と野菜の挟まったパンは籠の中に入れ、スープは鍋のまま持っていく。

二人して健闘を称え合っていたら、玄関から元気な声が響いてくる。

「ただいまー！」

「あら、リュファだわ」

玄関に迎えに行こうとしたが、リュファがやってくるほうが早かった。

「わあ、メルちゃんがいるーー‼」

リュファはピョコンと飛び跳ねて、喜びを体で表現していた。

「リュファ、メルお義姉《ねえ》さんでしょ」

「あ、そうだった。メルちゃん、おにーちゃんと結婚するから、メルおねーちゃんだ！」

姉がほしかったリュファは、もじもじとしながら「メルおねーちゃん」と上目遣いで見つめてくる。

そんないじらしい様子のリュファが可愛くって、メルディアはその小さな体をぎゅっと抱き締めた。

「これ、おじーちゃんの夕食？」

「いいえ、お兄ちゃんとメルちゃんのよ」

「メルちゃん、お兄ちゃんと食べるの？　ええ、リュファも一緒に食べたーい」

「リュファ、待って！」

リュファも食事に誘おうとしていたメルディアを、レイファは制止する。

今日はユージィンの祖母ランフォンが旅行で不在だ。そのため、ユージィンと二人きりで食事ができるまたとない日なのだ。

そんな事情はリュファに言わずに、別の方法で諦めさせる作戦にでた。

「お祖母ちゃん今日は旅行でいないし、リュファがいなかったら、お父さんと二人っきりでとっても気まずーい、じゃなくて、とっても寂しいなあ」

「それは、大変！」

単純なリュファはすっかり騙され、レイファと一緒にいることを決意してくれた。

それからメルディアは、リュファの案内でエドガルの家へ向かう。案内、と言ってもエドガルの家はライエンバルド邸より徒歩でしばらく行っただけの近場にある。

「メルちゃん、ここがおじーちゃんの家！」

「そうなのね」

「じゃあ、わたしは帰るから」

「うん、ありがとう」

鍵を手渡され、リュファと別れた。勝手に入る他人の家は、なんだかドキドキするな、と思いつつ、中へと入る。

エドガルの家は三階建ての一軒家だ。この家は勤続二十年の感謝の気持ちとしてベルンハルト家から贈られたまだ新しいものだ。いずれはユージィンとその妻や生まれてくる子どもたちが同居することを目論《もくろ》んで建てられた家らしい。今はユージィンとエドガルの男性二人暮らしの家であったが、清潔に保たれていた。暖炉の中も灰の一粒さえもない。

部屋は寒かったので、薪《まき》を積んで点火させる。

それから台所と食堂が一体になっている場所に行き、テーブルの上に皿を並べたり、カップを置いたり、ということをして時間をつぶしていた。

それから一時間後に、ユージィンが帰宅する。メルディアは玄関口まで走っていって出迎えた。

「おかえりなさい、ユージィン！」

「ただいま帰りました」

平民の夫婦は、毎日のように妻が夫を出迎える、という習慣があると聞いていたのだ。それからユージィンをこうして待ち構えるのは初めてだったので、このあとどうすればいいのか迷ってしまう。

チラリ、と玄関の前に立つユージィンの顔を見てみると、淡い微笑みを浮かべていた。

「メル、おいで」

両手を広げてメルディアを呼ぶユージィンの胸に、駆け足で飛び込んでいく。が、勢いがよすぎて、ユージィンは玄関の扉で後頭部を強打してしまった。

「ああ、ごめんなさい、嬉しくって、つい」

「大丈夫……」

まさかの体当たりを食らったユージィンは、メルディアの頬を優しく撫でて安心するようにと囁く。メルディアはされるがままでいた。

「メル、キスしてもいいですか？」

「ユージィンが、望むのなら」

ああ、違う。喜んで、だ、と言い直そうとしたが、その唇はそんな暇を許すことなく塞がれてしまった。

甘い痺《しび》れが全身を駆け巡り、ほろり、と眦から歓喜の雫が頬を伝う。

二人を邪魔するものはもはや何もない。

そんな幸せの時間を、ユージィンとメルディアは思う存分に堪能していた。

◇◇◇

ユージィンが王城の文官になって働き始めてから二年の月日が経っていた。

先日言い渡された昇給を機に、メルディアと正式な結婚を決意する。

ユージィンの実家で花嫁修業をしていたメルディアは、涙を流して喜んだ。

彼女の二年間にも及ぶ長い家事習得も、数日前に終わっていたのだ。

まずはメルディアの父親であるアルフォンソ・ベルンハルトに許しをもらい、その後に両親へ結婚の報告をした。

婚姻届には証人が二名以上必要となる。一人目はユージィンの父シンユーが署名をしてくれた。もう一人はメルディアの父アルフォンソに頼もうということで話が纏まる。

それから数日後、ユージィンは単独でベルンハルト家を訪れる。

「お忙しいところ、お時間をいただき、感謝します」

「いや、構わんよ」

ユージィンとアルフォンソの二人が、居間で向かい合って座る。今まで主人として仕えていたので、同じ目線の高さにアルフォンソがいることを不思議に思っていた。

ちなみにメルディアはでかける用事があるようで、一緒にくることはできなかった。

結婚式を間近に控えているので、花嫁はなにかと忙しい毎日を送っているのだ。

「まさかメルディアが小さい頃に絵本を読み聞かせていた相手と結婚するとは思わなかったな」

「私も、結婚を許していただけるとは思いませんでした」

「まったく、不思議な縁だ」

「ええ、本当に」

二人とも口数が少ないので、沈黙が続く時間も長かったが、かつては主従関係だったユージィンとアルフォンソが静かな空間を共有することは珍しいことではなかった。ゆえに、部屋の中には気まずい空気などない。

「ユージィン、今だから言える話だが、私はお前にベルンハルト商会を譲ろうかと思っていた」

ユージィンは十五歳のときからベルンハルト家の使用人として働き始めた。

物覚えがよく、さまざまな仕事を器用にこなすという周囲の評価を聞いて、アルフォンソ付きへと昇格となった。

傍に置いていると、ユージィンの能力が手に取るようにわかり、次第に簡単な書類関係の仕事も頼むようになる。

ユージィンの通っている学士院には、ベルンハルト商会も援助をしていた。筆頭支援者としてたびたび学校の行事に呼ばれていたが、参加するのは一年に一度と決めていた。

そんな中で学士院を訪れていたアルフォンソは、学長にユージィンの成績を閲覧したいと頼み込む。

見せてもらった資料に目を通すと、予想どおり成績のほとんどが優良で、生活態度も学徒の見本となる優等生だと学長も話していた。

彼ならば、娘とベルンハルト商会を任せても大丈夫なのでは？　という考えが浮かんでくる。

「まあ、そういう下心もあって、お前には将来を考えて特別厳しく接してしまった。本当に申し訳ないと思っている」

「いえ、そのようにお考えいただいていたなんて、光栄です。それに、教えていただいたことは、今の職場でも役立っています。礼を言わなければならないくらいです」

「それならばよかったが」

その当時のジルヴィオは、商会を任せられるほどの器はないとアルフォンソは見ていた。

投げやりな商売をし、売り上げがあれば何をしてもいいだろうという態度が気に食わなかったアルフォンソは、顔を合わせるたびにジルヴィオと喧嘩をしており、商会は継がせないと吐き捨てていた。

そんな中でユージィンの才能を見出だし、多大な期待をかけていたのだと打ち明ける。

「その二年後だったか、お前の将来進みたい道を聞いたのは」

「そうですね」

学士院は卒業の二年前に就職先の斡旋《あっせん》が始まる。

アルフォンソはユージィンが学士院で希望をだす前に、今後の話をしておこうと話し合いの場を設けたのだ。

そして、その中でユージィンは文官になりたいと、強く希望していた。

まっすぐな視線を向けながら将来について語る若者に、アルフォンソは自分の商会を継いでくれ、とは言えなかったのである。

「まあ、でも、お前がその道を選んでくれて、本当によかったと、今では思っている」

その頃からだった。社交界に出始めたメルディアの悪評が流れ始めたのは。

アルフォンソは夜会会場でいつもの人見知りがでたのだな、とすぐに気づいていたのだという。

「娘は、社交界の適応力に欠けていた。とても、ベルンハルト商会の長の妻を務めることはできなかっただろう」

宝石を取り扱っているベルンハルト商会の主な客層は貴族の女性だ。商会長の妻となる女性は夜会に宝石を纏って宣伝活動をしなければならないし、顧客との深い付き合いもしなければならない。メルディアは、そのどれをも苦手としていたのだ。

「不器用でふつつかな娘ではあるが、未来永劫《えいごう》、大切にしてくれると私も救われる」

「ええ、もちろんです」

それから婚姻届の証人の署名をしようと万年筆を取る。手元の文字がよく見えず、目を凝らしているのに気づいたユージィンが声をかけてきた。

「眼鏡《めがね》を、お持ちいたしましょうか?」

「ああ、頼む」

「場所はいつもの場所でしょうか?」

「そうだな」

アルフォンソは机の鍵を渡し、眼鏡の到着を待つ。

腕を組んで偉そうに待っていたが、その数秒後にユージィンをいつものように使ってしまったと気づいて、申し訳ないと謝罪する。

「やはり、お前はベルンハルト商会にほしかったな」

「え?」

「いいや、なんでもない」

珍しく穏やかな表情を見せるアルフォンソから、署名済の婚姻届を受け取る。

これでようやく、ユージィンはメルディアと結婚できるというわけだ。

◇◇◇

メルディアとメルセデスは、絶望していた。
母と娘が力を合わせて作る、花嫁道具のテーブルクロスが完成していなかったのだ。
幸せを意味する花を布地いっぱいに縫って、結婚生活にたくさんの幸せが訪れるように
という願いを込めて作るものだが、花は一つも白い布に咲いていない。
結婚式の準備は、婚約期間であった二年間でちょこちょこと進められていた。
このテーブルクロスの刺繍も、少しずつではあるが進めていたのに、完成間近の作品を
針で刺した血で染めてしまったのだ。
なんとなく不吉だからと、作り直すことに決めた。それが数日前の話。
結婚式はすでに迫っていて、他にもすることは山のようにあるので、テーブルクロスに
時間を割いている暇はない。
メルセデスもメルディアも驚くほど不器用で、この短い期間ではとても間に合わないと

表情を互いに曇らせていた。

「メルディア、二人で作るのは諦めて、レイシェイラに助けを求めましょう」

「お、怒られてしまうわ」

「怒られましょう。彼女の力がないと、とても間に合いません」

手先が不器用な母子は、裁縫が得意なレイシェイラに泣きついた。

「信じられませんわ‼」

一年前、ジルヴィオと結婚したレイシェイラは、すさまじい表情でメルセデスとメルディアに詰め寄っていた。

怒られている二人はしゅん、としている。

しかしながら、こうしている暇も惜しいと言ったレイシェイラの行動は早かった。メルセデスとメルディアに刺繍の指導をしながら、驚きの速さで青の花模様を刺していく。

そんな中で、長時間部屋に閉じ籠もっている家族を不審に思ったアルフォンソが部屋を覗きにきたが、輝かんばかりの笑顔を浮かべるレイシェイラに捕まってしまった。

「まあ、お義父《とう》様、いいところにいらっしゃいました」

「なんだ？」

長椅子のレイシェイラの隣をポンポンと叩かれたので素直に座ると、がっしり腕を取られる。

「い、いったい何を企んでいる⁉」

疑問に答える代わりに、アルフォンソの手に一枚の紙を押しつけた。

「なんだ、これは？」

「作っているのは家族で作る伝統の、花嫁道具のテーブルクロスですわ。その紙はお花の完成図ですの」

「は？　そんなの、初めて聞いたぞ」

「あらあら、ご存知なかったのですね」

紙に書かれていたのは、刺繍してある花模様を拡大した製図だ。細かく番号が振ってあり、その順番どおりに針を通せば幸せの花が完成する。

「お義父様も手伝ってくださいませ」

「な、なんだと⁉」

「このままでは間に合いませんの。刺繍は子どもでもできる簡単なものですわ」

子どもでもできる簡単な刺繍に戸惑っている二人をレイシェイラは指差し、このままでは期日内の完成は絶望的だと告げた。

不器用な二人の奮闘を察したアルフォンソは、深いため息をつきながら、差しだされた針と糸を取る。

「くそ、手元が少しも見えん‼」

「誰か、お義父様に老眼鏡を！」

レイシェイラが周囲でオロオロとしている使用人に命令をする。

初めての刺繍に挑戦をしたアルフォンソは、意外にも器用な手先を見せていた。

「まったく、六十を過ぎたジジイに、なんてことをやらせるんだ！」

「お義父様、お口ではなく手先を動かしてくださいな」

こうしてさまざまな人たちを巻き込んで、なんとかテーブルクロスは完成した。

◇◇◇

そして、結婚式の前日。ライエンバルド家では、リュファの泣き声が響き渡る。

「ふえええええ‼」

「ちょ、おま、なんで俺の顔を見るなり泣きだすんだよ‼」

従騎士となったエドガーは、街の巡回に家の近くの担当を任されたので、休憩時間になってから食料でも漁りに行こうと実家に立ち寄った。

しかしエドガーの妹、リュファが、兄の顔を見た途端に泣き始めたのだ。

「なんだよ‼　俺、何かしたか⁉」

「ふえええええん‼」

残念ながらリュファからの回答はない。

どうしてこうなったのだと頭を抱えていると、結婚式の最終打ち合わせに行っていた母とメルディアが帰宅した。

「あ、あれ？」

「まあ！」

号泣するリュファに、立ち尽くすエドガーを見て、また泣かせたのか、という非難と困惑、二通りの視線を向ける。

「リュファ、また食べ物を取られたの？」

「と、盗ってねえし‼」

レイファがリュファに優しく問いかけるが、反応は別の方向から返ってくる。

「リュファ、どうして泣いているのか、お母さんに教えて？」

「ううう」

「リュファ？」

「お、お兄ちゃんが、メルお姉ちゃんを、も、持って、いっちゃう、の」

「ん？」

「み、みんなの、メルお姉ちゃんなのに、あ、明日、お兄ちゃんが、持って、いっちゃう」

「あら、そういうこと」

リュファは明日の結婚式を憂いていた。この二年間、リュファは毎日メルディアにべったりだった。一緒に本を読んだり、勉強を見てもらったり、菓子を作ったり、買い物に行ったり、夜、一つの布団で寄り添って眠ったり。

本当の姉妹のようにともに在ったので、明日からいなくなることを考えたら、悲しくなってしまったらしい。

「リュファ」

メルディアは泣きじゃくるリュファを、そっと抱き締める。すると、余計に泣かれてしまった。

「メルお姉ちゃん、寂しい、寂しいよお」

リュファもメルディアが幸せになりにいくのはわかっている。だから、今日まで我慢をしていたのだ。

それなのに、なぜかエドガーの姿を見たら涙が溢れ、ついには泣いてしまった。

「リュファ、お前、俺が家をでていくときは涙の一滴も流さなかったくせに」

そんなエドガーの呟きは綺麗に無視される。

「リュファ、少し、お部屋で話をしましょう」

「ん？」

メルディアは九歳にしては小柄のリュファを抱き上げ、二階へ上がる。

リュファを布団の上に下ろして、寝台を置いた位置の壁側にある窓を開いた。

夜空はあいにくの曇天。星はほとんどでていない。

「リュファ、あの星の名前、覚えているかしら？」

「宵の明星、幸せの星？」

「ええ、そう」

二人で読んだ本の中に、星の物語があった。その中に宵の明星もでてきて、夜になったらあれがそうだと、メルディアが指を差して教えたのだ。

「二年前にユージィンがね、私に素敵な贈り物をしてくれたの」

メルディアは両手の人差し指と親指をくっつけて、四角い枠を作る。

「これはね、宝石箱なのですって」

首を傾げているリュファの隣で、メルディアは宝石箱を天に向かって伸ばし、夜空の一番星を手で作った四角い枠で囲んだ。

「お兄ちゃんは、お星様の宝石をくれたのね？」

「そう。これを手にしたら、幸せになれるから、って」

そして、その手を下ろしたメルディアは、リュファの小さな両手を握る。

「このお星様は、リュファにあげるわ。私は幸せになれたから、今度はリュファの番」

「メル、お姉、ちゃん……‼」

メルディアは静かに肩を震わせるリュファを抱き締めた。

「私は遠くに行くわけでもないし、リュファが寂しいときは、いつでも駆けつけるわ。それに、ユージィンの家にも遊びにきてくれたら嬉しいいし、私もここに遊びにきます。リュファは、世界一可愛い妹ですもの、毎日でも会いたいわ」

その言葉を聞いて、リュファは再びわっと泣きだす。メルディアは昔の自分を見ているようで、いじらしく思った。

そんなメルディアの様子に気づいたリュファは、違うの、と言って首を振った。

「メルお姉ちゃん、これは、嬉しい、涙」

「え？」

「お星様、ありがとう。わたしも、メルお姉ちゃん、みたいに、幸せを、摑みに、いくよ」

話を聞きながら、幸せは訪れるのではなく、自分で摑みに行くモノだと気づかされたリュファであった。

◇◇◇

結婚式当日——婚礼衣装に身を包んだメルディアは、これまでにないくらい緊張していた。

純白のドレスは、レイシェイラと一緒に選んだものだ。皆は似合っていると言ってくれたが、ユージィンはどう思うのか。ドキドキしつつ、式が開始されるのを待つ。

礼拝堂への入場を共にするアルフォンソがやってきた。

アルフォンソは珍しく、緊張しているように見えた。顔面蒼白《そうはく》で、心配になってしまう。

「父上、その、大丈夫ですか？」

「重圧で倒れそうだ」

アルフォンソの弱音を聞くのは生まれて初めてである。励ましているうちに、メルディア自身の緊張が解れていった。

「そろそろか」

「ええ」

せっかちな父親を、メルディアは引き留める。

「あの、父上」

「なんだ？」

「その、これまで私を愛してくれて、ありがとう」

「なんだ、いきなり」

「ずっと、言いたかったの」

メルディアは家族から惜しげもない愛を注がれて育った。そして今日、幸せな結婚式を迎えている。

アルフォンソは涙ぐむメルディアを優しく抱き締める。背中をぽんぽん叩きながら、嫁いでいく娘に声をかける。

「メルディア、達者で暮らせ」

「はい！」

メルディアはこの瞬間に、親離れができたのだった。


貸し切りとなった礼拝堂は、祝福の声で包まれていた。中心にいる花嫁とその夫は、幸せそうな笑みを浮かべている。

ユージィンは誓いのキスを交わすときに、メルディアにしか聞こえない声で囁いた。

「メル、絶対に幸せにします」

それが誓いの言葉となり、口づけをもって封じられる。

メルディアの恋が成就した瞬間だった。

◇◇◇

──いつもの朝。日の出前にメルディアは起床する。

薄暗い中、ぐっすりと眠っている夫ユージィンをうっとりと眺め、この時間が永遠に続けばいいのに、と思う。

しかしながら、このような時間を永遠に堪能している場合ではない。朝食の準備が間に合わないので断腸の思いで寝台を下りた。

昨晩のうちに用意していた服に着替え、脱いだ寝間着は洗濯籠の中へ入れる。

エプロンの紐《ひも》を腰でぎゅっと結びながら、台所へ向かった。

鍋を火にかけ、スープ用の湯を沸かす。

沸騰したら野菜と薄く切った燻製肉、鳥の骨を粉末にしたものを入れて、しばらくグラグラとさせる。

その間に昨日の昼間に焼いた大きな丸いパンを五枚に切り分けて、籠の中へ入れた。

パンの入った籠とチーズの塊、ナイフを食卓に置いていると、エドガルが顔をだす。

「おはようございます」

「おはようございます」

ユージィンは祖父との同居を望んだ。メルディアも、生まれたときからベルンハルト家で働くエドガルを、本当の祖父のように思っていたので、賛成したのだ。

丁寧に頭を下げて挨拶をする二人は、本当の祖父と孫のようであった。

それから最後に起きてきたユージィンと三人で朝食を取る。

二人とも、メルディアが作った料理をおいしい、おいしいと言って食べてくれるのだ。

そして、まだまだ現役執事のエドガルを見送り、ユージィンも送りだす。

「ユージィン、気をつけて。いってらっしゃい」

「いってきます」

そう言って、無事に帰宅することを願うおまじないとして、メルディアはユージィンの頬にキスをする。

これが、メルディアとその家族のいつもの朝の風景であった。

そんなささやかな日常を、彼女は愛おしく思っている。

成金令嬢物語　完

本作品は書き下ろしです。

二見サラ文庫

本作品に関するご意見、ご感想などは
〒101-8405
東京都千代田区神田三崎町2-18-11
二見書房 サラ文庫編集部 まで

成金《なりきん》令嬢物語《れいじょうものがたり》
～悪女《あくじょ》だと陰《かげ》で囁《ささや》かれていますが、誤解《ごかい》なんです～

2022年12月10日 初版発行

著者 江本《えもと》マシメサ

発行所 株式会社 二見書房
東京都千代田区神田三崎町2-18-11
電話 03(3515)2311 [営業]
03(3515)2314 [編集]
振替 00170-4-2639

印刷 株式会社 堀内印刷所
製本 株式会社 村上製本所

落丁・乱丁本はお取り替えいたします。
定価は、カバーに表示してあります。

ISBN978-4-576-22167-0
https://www.futami.co.jp/sala/